T0178964

Las aventuras del capitán Alatriste

VOLUMEN III

ARTURO PÉREZ-REVERTE

EL SOL DE BREDA

DEBOLS!LLO

Primera edición en Debolsillo: septiembre de 2016
Tercera reimpresión: agosto de 2019

© 1998, Arturo Pérez-Reverte
© 2016, de la presente edición en castellano:
Penguin Random House Grupo Editorial, S. A. U.
Travessera de Gràcia, 47-49. 08021 Barcelona

Printed in Spain – Impreso en España

ISBN: 978-84-663-2916-3 (vol. 406/III)
Depósito legal: B-13.463-2016

Impreso en QP Print

P 3 2 9 1 6 3

Penguin
Random House
Grupo Editorial

A Jean Schalekamp,
maldito hereje,
traductor y amigo.

Pasa una tropa de soldados rudos:
al hombro el arma, recios y barbudos,
tras de su jefe por la senda van.

Capitán español que fuiste a Flandes,
y a Méjico, y a Italia, y a los Andes,
¿en qué empresas aún sueñas, capitán?

C. S. del Río
La Esfera

Capítulo I

EL GOLPE DE MANO

Voto a Dios que los canales holandeses son húmedos en los amaneceres de otoño. En alguna parte sobre la cortina de niebla que velaba el dique, un sol impreciso iluminaba apenas las siluetas que se movían a lo largo del camino, en dirección a la ciudad que abría sus puertas para el mercado de la mañana. Era aquel sol un astro invisible, frío, calvinista y hereje, sin duda indigno de su nombre: una luz sucia, gris, entre la que se movían carretas de bueyes, campesinos con cestas de hortalizas, mujeres de tocas blancas con quesos y cántaros de leche.

Yo caminaba despacio entre la bruma, con mis alforjas colgadas al hombro y los dientes apretados para que no castañeteasen de frío. Eché un vistazo al terraplén del dique, donde la niebla se fundía con el agua, y no vi más que trazos difusos de juncos, hierba y árboles. Cierto es que por un momento creí distinguir un reflejo metálico casi mate, como de morrión o coraza, o tal vez acero desnudo; pero fue sólo un instante, y luego el vaho húmedo que ascendía del canal vino a cubrirlo de nuevo.

11

La joven que caminaba a mi lado hubo de verlo también, pues me dirigió una ojeada inquieta entre los pliegues de la toquilla que le cubría cabeza y rostro, y luego miró a los centinelas holandeses que, con peto, casco y alabarda, ya se recortaban, gris oscuro sobre gris, en la puerta exterior de la muralla, junto al puente levadizo.

La ciudad, que no era sino un pueblo grande, se llamaba Oudkerk y estaba en la confluencia del canal Ooster, el río Merck y el delta del Mosa, que los flamencos llaman Maas. Su importancia era más militar que de otro orden, pues controlaba el acceso al canal por donde los rebeldes herejes enviaban socorros a sus compatriotas asediados en Breda, que distaba tres leguas. La guarnecían una milicia ciudadana y dos compañías regulares, una de ellas inglesa. Además, las fortificaciones eran sólidas; y la puerta principal, protegida por baluarte, foso y puente levadizo, resultaba imposible de tomar por las buenas. Precisamente por eso, aquel amanecer yo me encontraba allí.

Supongo que me habrán reconocido. Me llamo Íñigo Balboa, por la época de lo que cuento mediaba catorce años, y sin que nadie lo tome por presunción puedo decir que, si veterano sale el bien acuchillado, yo era, pese a mi juventud, perito en ese arte. Después de azarosos lances que tuvieron por escenario el Madrid de nuestro rey don Felipe Cuarto, donde vime obligado a empuñar la pistola y el acero, y también a un paso de la hoguera, los últimos doce meses habíalos pasado junto a mi amo, el capitán Alatriste, en el ejército de Flandes; luego que el tercio viejo de Cartagena, tras viajar por mar hasta Génova, subiera por Milán y el llamado Camino Español hasta la zona de guerra con las provincias rebeldes. Allí, la guerra, lejos ya la época de los grandes capitanes, los grandes asaltos y los grandes botines, se había convertido en una suerte de juego de ajedrez largo y tedioso, donde las plazas fuertes eran asediadas y cambiaban de manos una y otra vez, y donde a menudo contaba menos el valor que la paciencia.

En tales episodios andaba yo aquel amanecer entre la niebla, yendo como si tal cosa hacia los centinelas holandeses y la puerta de Oudkerk, junto a la joven que se cubría el rostro con una toquilla, rodeado de campesinos, gansos, bueyes y carretas. Y así anduve un trecho, incluso después de que uno de los campesinos, un tipo tal vez excesivamente moreno para tal paisaje y paisanaje —allí casi todos eran rubios, de piel y ojos claros—, pasara por mi lado musitando entre dientes, muy bajito, algo que me pareció un avemaría, apresurando el paso cual si fuese a reunirse con otros cuatro compañeros, también insólitamente flacos y morenos, que caminaban algo más adelante.

Y entonces llegamos juntos, casi todos a la vez, los cuatro de delante, y el rezagado, y la joven de la toquilla y yo mismo, a la altura de los centinelas que estaban en el puente levadizo y la puerta. Había un cabo gordo de tez rojiza envuelto en una capa negra, y otro centinela con un bigote largo y rubio del que me acuerdo muy bien porque le dijo algo en flamenco, sin duda un piropo, a la joven de la toquilla, y luego se rió muy fuerte. Y de pronto dejó de reírse porque el campesino flaco del avemaría había sacado una daga del jubón y lo estaba degollando; y la sangre le salió de la garganta abierta con un chorro tan fuerte que manchó mis alforjas, justo en el momento en que yo las abría y los otros cuatro, en cuyas manos también habían aparecido dagas como relámpagos, agarraban las pistolas bien cebadas que llevaba dentro. Entonces el cabo gordo abrió la boca para gritar al arma; pero sólo hizo eso, abrirla, porque antes de que pronunciara una sílaba le apoyaron otra daga encima de la gorguera del coselete, rebanándole el gaznate de oreja a oreja. Y para cuando cayó al foso yo había dejado las alforjas y, con mi propia daga entre los dientes, trepaba como una ardilla por un montante del puente levadizo mientras la joven de la toquilla, que ya no llevaba la toquilla ni era una joven, sino que había vuelto a ser un mozo de mi edad que respondía al nombre de Jaime Correas, subía por el otro lado para, igual que yo, bloquear con cuñas de madera el mecanismo del puente levadizo, y cortar sus cuerdas y poleas.

Entonces Oudkerk madrugó como nunca en su historia, porque los cuatro de las pistolas, y el del avemaría, se desparramaron como demonios por el baluarte dando cuchilladas y pistoletazos a todo cuanto se movía. Y al mismo tiempo, cuando mi compañero y yo, inutilizado el puente, nos deslizábamos por las cadenas hacia abajo, de la orilla del dique brotó un clamor ronco: el grito de ciento cincuenta hombres que habían pasado la noche entre la niebla, metidos en el agua hasta la cintura, y que ahora salían de ella gritando «¡Santiago! ¡Santiago!... ¡España y Santiago!» y, resueltos a quitarse el frío con sangre y fuego, remontaban espada en mano el terraplén, corrían sobre el dique hasta el puente levadizo y la puerta, ocupaban el baluarte, y luego, para pavor de los holandeses que iban de un lado a otro como gansos enloquecidos, entraban en el pueblo degollando a mansalva.

Hoy, los libros de Historia hablan del asalto a Oudkerk como de una matanza, mencionan la *furia española* de Amberes y toda esa parafernalia, y sostienen que aquel amanecer el tercio de Cartagena se comportó con singular crueldad. Y, bueno... A mí no me lo contó nadie, porque estaba allí. Desde luego, ese primer momento fue una carnicería sin cuartel. Pero ya dirán vuestras mercedes de qué otro modo toma uno por asalto, con ciento cincuenta hombres, un pueblo fortificado holandés cuya guarnición es de setecientos. Sólo el horror de un ataque inesperado y sin piedad podía quebrarles en un santiamén el espinazo a los herejes, así que a ello se aplicó nuestra gente con el rigor profesional de los viejos tercios. Las órdenes del maestre de campo don Pedro de la Daga habían sido matar mucho y bien al principio, para aterrar a los defensores y obligarlos a una pronta rendición, y no ocuparse del saqueo hasta que la conquista estuviese bien asegurada. Así que ahorro detalles. Únicamente diré que todo era un va y viene de arcabuzazos, gritos y estocadas, y que ningún varón holandés mayor de quince o dieciséis años, de los que se toparon nuestros hombres en los primeros momentos del asalto, ya pelease, huyese o se rindiera, quedó vivo para contarlo.
Nuestro maestre de campo tenía razón. El pánico enemigo fue nuestro principal aliado, y no tuvimos muchas bajas. Diez o doce, a lo sumo, entre muertos

y heridos. Lo que es, pardiez, poca cosa si se compara con los dos centenares de herejes que el pueblo enterró al día siguiente, y con el hecho de que Oudkerk cayó muy lindamente en nuestras manos. La principal resistencia tuvo lugar en el Ayuntamiento, donde una veintena de ingleses pudo reagruparse con cierto orden. A los ingleses, que eran aliados de los rebeldes desde que el rey nuestro señor había negado a su príncipe de Gales la mano de la infanta María, nadie les había dado maldito cirio en aquel entierro; así que cuando los primeros españoles llegaron a la plaza de la villa, con la sangre chorreando por dagas, picas y espadas, y los ingleses los recibieron con una descarga de mosquetería desde el balcón del Ayuntamiento, los nuestros se lo tomaron muy a mal. De modo que arrimaron pólvora, estopa y brea, le dieron fuego al Ayuntamiento con los veinte ingleses dentro, y después los arcabucearon y acuchillaron a medida que salían, los que salieron.

Luego empezó el saqueo. Según la vieja usanza militar, en las ciudades que no se rendían con la debida estipulación o que eran tomadas por asalto, los vencedores podían entrar a saco; que con la codicia del botín, cada soldado valía por diez y juraba por ciento. Y como Oudkerk no se había rendido —al gobernador hereje lo mataron de un pistoletazo en los primeros momentos, y al burgomaestre lo estaban ahorcando en ese mismo instante a la puerta de su casa— y además el pueblo había sido tomado, dicho en plata, a puros huevos, no fue preciso que nadie ordenase trámite para que los españoles entráramos en las casas que estimamos convenientes, que fueron todas, y arrambláramos con aquello que nos plugo. Lo que dio lugar, imagínense, a escenas penosas; pues los burgueses de Flandes, como los de todas partes, suelen ser reacios a verse despojados de su ajuar, y a muchos hubo que convencerlos a punta de espada. De modo que al rato las calles estaban llenas de soldados que iban y venían cargados con los más variopintos objetos, entre el humo de los incendios, los cortinajes pisoteados, los muebles hechos astillas y los cadáveres, muchos descalzos o desnudos, cuya sangre formaba charcos oscuros sobre el empedrado. Sangre en la que resbalaban los soldados y que era lamida por los perros. Así que pueden vuestras mercedes imaginarse el cuadro.

No hubo violencia con las mujeres, al menos tolerada. Ni tampoco embriaguez en la tropa; que a menudo, hasta en los soldados de más disciplina, ésta suele aparejar aquélla. Las órdenes en tal sentido eran tajantes como filo de toledana, pues nuestro general en jefe, don Ambrosio Spínola, no quería indisponerse aún más con la población local, que bastante tenía con verse acuchillada y saqueada como para que encima le forzasen a las legítimas. Así que en vísperas del ataque, para poner las cosas en su sitio y por aquello de más vale un por si acaso que un quién lo diría, ahorcóse a dos o tres soldados convictos, propensos a los delitos de faldas. Que ninguna bandera o compañía es perfecta; e incluso en la de Cristo, que fue como él mismo se la quiso reclutar, hubo uno que lo vendió, otro que lo negó y otro que no lo creyó. El caso es que, en Oudkerk, el escarmiento preventivo fue mano de santo; y salvo algún caso de violencia aislada —al día siguiente hubo otra sumarísima ejecución *ad hoc*—, inevitable donde hay que vérselas con mílites vencedores y ebrios de botín, la virtud de las flamencas, fuera la que fuese, pudo mantenerse intacta. De momento.

El Ayuntamiento ardía hasta la veleta. Yo iba con Jaime Correas, muy contentos ambos por haber salvado la piel en la puerta del baluarte y por haber desempeñado a satisfacción de todos, salvo por supuesto de los holandeses, la misión confiada. En mis alforjas, recuperadas tras el combate y aún tintas en sangre fresca del holandés del bigote rubio, habíamos metido cuantas cosas de valor pudimos encontrar: cubiertos de plata, algunas monedas de oro, una cadena que le quitamos al cadáver de un burgués, y un par de jarras de peltre nuevas y magníficas. Mi compañero se tocaba con un hermoso morrión adornado con plumas, que había pertenecido a un inglés que ya no tenía cabeza donde lucirlo, y yo me pavoneaba con un buen jubón de terciopelo rojo, pasado de plata, obtenido en una casa abandonada por la que habíamos zascandileado a nuestro antojo. Jaime era como yo mochilero, o sea, ayudante o paje de soldado; y juntos habíamos vivido suficientes fatigas y penurias para considerarnos buenos camaradas. A Jaime el botín y el éxito de la peripecia en el puente levadizo, que nuestro capitán de bandera, don Carmelo Bragado, había prometido recompensar si salía bien, le consolaba del disfraz de joven campesina que habíamos echado a suertes y que aún lo tenía algo corrido. En cuanto a mí, que a esas alturas de mi aventura flamenca ya había decidido ser soldado cuando cumpliese la edad reglamentaria, todo aquello me sumía en una especie de vértigo, de ebriedad juvenil con sabor a pólvora, gloria, exaltación y aventura. Así es, voto a Cristo, como llega a verse la guerra con la edad de los versos de un soneto, cuando la diosa Fortuna hace que no deba oficiar uno de víctima —Flandes no era mi tierra, ni mi gente— sino de testigo. Y a veces, también, de precoz verdugo. Pero ya dije a vuestras mercedes en otra ocasión que aquéllos eran tiempos en que la vida, incluso la de uno mismo, valía menos que el acero que se empleaba en quitarla. Tiempos difíciles y crueles. Tiempos duros.

Contaba que llegamos a la plaza del Ayuntamiento y nos quedamos allí un poco, fascinados por el incendio y los cadáveres ingleses —muchos eran rubios o rojizos y pecosos— desnudos y amontonados junto a las puertas. De vez en cuando nos cruzábamos con españoles cargados de botín, o con grupos de atemorizados holandeses que miraban desde los soportales de la plaza, agrupados como rebaños bajo la vigilancia de nuestros camaradas armados hasta los dientes. Fuimos a echar un vistazo. Había mujeres, ancianos y niños, y pocos varones adultos. Recuerdo algún mozo de nuestra edad que nos miraba entre sombrío y curioso, y también mujeres de tez pálida y ojos muy abiertos bajo las tocas blancas y las trenzas rubias; ojos claros que observaban llenos de pavor a los soldados cetrinos, de piel tostada y menos altos que sus hombres flamencos, pero con poblados bigotazos, barba cerrada y fuertes piernas, que por allí andaban mosquete al hombro, espada en mano, revestidos de cuero y metal, tiznados de mugre, sangre, barro del dique y humo de pólvora. Nunca olvidaré el modo en que aquellas gentes nos miraban a nosotros, los españoles, allí en Oudkerk como en tantos otros lugares; la mezcla de sentimientos, odio y temor, cuando nos veían llegar a sus ciudades, desfilar ante sus casas cubiertos por el polvo del camino, erizados de hierro y vestidos de andrajos, aún más peligrosos callados que vociferantes. Orgullosos hasta en la miseria, como la *Soldadesca* de Bartolomé Torres Naharro:

> *Mal por mal,*
> *en la guerra, voto a tal,*
> *valen al hombre sus manos*
> *y nunca falta un real.*

Éramos la fiel infantería del rey católico. Voluntarios todos en busca de fortuna o de gloria, gente de honra y también a menudo escoria de las Españas, chusma propensa al motín, que sólo mostraba una disciplina de hierro, impecable, cuando estaba bajo el fuego enemigo. Impávidos y terribles hasta en la derrota, los tercios españoles, seminario de los mejores soldados que durante dos siglos había dado Europa, encarnaron la más eficaz máquina militar que nadie mandó nunca sobre un campo de batalla. Aunque en ese tiempo, acabada la era de los grandes asaltos, con la artillería imponiéndose y la guerra de Flandes convertida en lentos asedios de minas y trincheras, nuestra infantería ya no fuera la espléndida milicia en la que fiaba el gran Felipe II cuando escribió aquella famosa carta a su embajador ante el papa:

> *Yo no pienso ni quiero ser señor de herejes. Y si no se*
> *puede remediar todo, como deseo, sin venir a las armas,*

estoy determinado a tomarlas sin que me pueda impedir mi peligro, ni la ruina de aquellos países, ni la de todos los demás que me quedan, a que no haga lo que un príncipe cristiano y temeroso de Dios debe hacer en servicio suyo.

Y así fue, pardiez. Tras largas décadas de reñir con medio mundo, sin sacar de todo aquello más que los pies fríos y la cabeza caliente, muy pronto a España no le quedaría sino ver morir a sus tercios en campos de batalla como el de Rocroi, fieles a su reputación a falta de otra cosa, taciturnos e impasibles, con las filas convertidas en aquellas *torres y murallas humanas* de las que habló con admiración el francés Bossuet. Pero, eso sí, hasta el final los jodimos a todos bien. Incluso aunque nuestros hombres y sus generales distaban de ser los mismos que cuando el duque de Alba y Alejandro Farnesio, los soldados españoles continuaron siendo por algún tiempo la pesadilla de Europa; los mismos que habían capturado a un rey francés en Pavía, vencido en San Quintín, saqueado Roma y Amberes, tomado Amiens y Ostende, matado diez mil enemigos en el asalto de Jemmigen, ocho mil en Maastrich y nueve mil en la Esclusa peleando al arma blanca con el agua hasta la cintura. Éramos la ira de Dios. Y bastaba echarnos un vistazo para entender por qué: hueste hosca y ruda venida de las resecas tierras del sur, peleando ahora en tierras extranjeras, hostiles, donde no había retirada posible y derrota equivalía a aniquilamiento. Hombres empujados unos por la miseria y el hambre que pretendían dejar atrás, y otros por la ambición de hacienda, fortuna y gloria, y a quienes bien podía aplicarse la canción del gentil mancebo de Don Quijote:

A la guerra me lleva
mi necesidad;
si tuviera dineros
no iría en verdad.

O aquellos otros antiguos y elocuentes versos:

Por necesidad batallo;
y una vez puesto en la silla,
se va ensanchando Castilla
delante de mi caballo.

En fin. El caso es que allí estábamos todavía y aún estuvimos algunos años más, ensanchando Castilla a filo de espada o como Dios y el diablo nos daban a entender, en Oudkerk. La bandera de nuestra compañía estaba puesta en el balcón de una casa de la plaza, y mi camarada Jaime Correas, que era mochilero de la escuadra del alférez Coto, se llegó hasta allí en busca de su gente. Yo anduve todavía un trecho, apartándome un poco de la fachada principal del Ayuntamiento para eludir el terrible calor del incendio, y al rodear el edificio vi que dos individuos amontonaban en el exterior libros y legajos que sacaban apresuradamente por una puerta. Aquello tenía menos visos de pillaje —raro era que en pleno saco alguien se ocupara de conseguir libros— que de rescate obligado por el incendio; de modo que lleguéme a echar un vistazo. Pues tal vez recuerden vuestras mercedes que yo estaba familiarizado con la letra impresa desde mis tiempos en la Villa y Corte de las Españas, debido a la amistad de don Francisco de Quevedo —que me había regalado un Plutarco—, a las lecciones de latín y gramática del Dómine Pérez, a mi gusto por el teatro de Lope y al hábito de leer que tenía, cuando contaba con qué, mi amo el capitán Alatriste.

Uno de los que sacaban libros y los amontonaban en la calle era un holandés de cierta edad, con el pelo largo y blanco. Vestía de negro, como los pastores de allí, con una valona sucia y medias grises; aunque no parecía su oficio el de religioso, si como tal puede llamarse a la prédica de las doctrinas del hereje Calvino, al que mal rayo parta en el infierno o donde diablos se cueza, el hideputa. Al cabo supuse que era un secretario o funcionario municipal, que intentaba salvar los libros del incendio. Habría seguido de largo de no llamarme la atención que el otro individuo, que en ese momento salía entre la humareda de la puerta con los brazos cargados de libros, llevase la banda roja de los soldados españoles. Era un hombre joven, sin sombrero, y tenía el rostro cubierto de sudor y ennegrecido, como si ya hubiera hecho muchos viajes al fondo del fogón en que se había convertido el edificio. Del tahalí le pendía una espada y calzaba botas altas, negras por los escombros y los tizones, y no parecía dar importancia a la manga humeante de su jubón, que ardía despacio, sin llama; ni siquiera cuando, reparando por fin en ella al dejar la brazada de libros en el suelo, la apagó con un par de distraídos manotazos. En ese momento alzó la vista y reparó en mí. Tenía un rostro delgado, anguloso, con bigote castaño, aún poco espeso, que se prolongaba en una perilla bajo el labio inferior. Le calculé de veinte a veinticinco años.

—Podrías echar una mano —gruñó, al advertir la descolorida aspa roja que yo llevaba cosida al jubón—. En vez de estarte ahí como un pasmarote.

Luego miró alrededor, hacia los soportales de la plaza desde donde algunas mujeres y niños contemplaban la escena, y se secó el sudor de la cara con la manga chamuscada.

—Por Dios —dijo— que me abraso de sed.

Y volvióse a meter adentro en busca de más libros, con el fulano vestido de negro. Tras pensarlo un instante, resolví echar una carrera rápida hasta la casa más próxima, en cuya puerta destrozada y fuera de los goznes curioseaba una amedrentada familia holandesa.

—*Drinken* —dije mostrándoles mis dos jarras de peltre, acompañado el gesto de beber con el de apoyar una mano en el mango de mi daga. Los holandeses entendieron palabra y gestos, pues al momento llenaron de agua las jarras y pude volver con ellas hasta el lugar donde los dos hombres seguían apilando libros. Al reparar en las jarras las despacharon de un solo trago, con verdadera ansia, y antes de volver a meterse en la humareda el español volvióse a mí de nuevo.

—Gracias —dijo, escueto.

Lo seguí. Dejé mis alforjas en el suelo, me quité el jubón de terciopelo y fui tras él, no porque al darme las gracias hubiera sonreído, ni porque me enternaciesen su manga chamuscada y sus ojos enrojecidos por el humo; sino porque, de pronto, aquel soldado anónimo me había hecho entender que hay, a veces, cosas más importantes que hacerse con un botín.

Aunque éste suponga, tal vez, cien veces tu paga de un año. Así que aspiré cuanto aire pude, y cubriéndome boca y nariz con el lienzo que saqué de mi faltriquera, agaché la cabeza para esquivar las vigas que chisporroteaban a punto de desplomarse y fui con ellos entre la humareda, cogiendo libros de los estantes en llamas, hasta que hubo un momento en que todo fue calor asfixiante, y pavesas flotando en el aire que quemaba las entrañas al respirar, y la mayor parte de los libros se había convertido en ceniza, en polvo que no era enamorado como en aquel bellísimo y tan lejano soneto de don Francisco de Quevedo, sino en triste residuo con el que se desmenuzaban y desaparecían tantas horas de estudio, tanto amor, tanta inteligencia, tantas vidas que podían haber iluminado otras vidas.

Hicimos el último viaje antes de que el techo de la biblioteca se desplomara con llamaradas y estrépito a nuestra espalda, y nos quedamos afuera boqueando en demanda de aire limpio, mirándonos aturdidos, pegajosos de sudor bajo la camisa, con ojos lagrimeantes por el humo. A nuestros pies había, a salvo, dos centenares de libros y antiguos legajos de la biblioteca. Una décima parte, calculé, de lo que se había quemado dentro. De rodillas junto al montón, agotado por el esfuerzo, el holandés vestido de negro tosía y lloraba. En cuanto al soldado, cuando hubo aspirado el aire necesario me sonrió del mismo modo que cuando le traje el agua.

—¿Cómo te llamas, chico?

Me erguí un poco, ahogando la última tos.

—Íñigo Balboa —dije—. De la bandera del capitán don Carmelo Bragado.

Aquello no era del todo exacto. Si esa bandera era, en efecto, la de Diego Alatriste y por tanto la mía, en los tercios un mochilero era poco más que sirviente o mula de carga; no un soldado. Pero al desconocido no pareció importarle la diferencia.

—Gracias, Íñigo Balboa —dijo.

Se le había ensanchado más la sonrisa, iluminándole el rostro reluciente de sudor, negro de humo.

—Algún día —añadió— recordarás lo que hiciste hoy.

Curioso, a fe. Él no podía adivinarlo de ningún modo; mas, como pueden comprobar vuestras mercedes, era cierto lo que el soldado dijo, y muy bien lo recuerdo. El caso es que me apoyó una mano en un hombro y con la otra estrechó la mía. Fue un apretón cálido y fuerte; y luego, sin cambiar palabra con el holandés que colocaba los libros en pilas como si se tratase de un preciado tesoro —y ahora conozco que lo era—, echó a andar alejándose de allí.

Pasarían algunos años antes de que volviese a encontrarme con el soldado anónimo a quien un brumoso día de otoño, durante el saqueo de Oudkerk, ayudé a rescatar los libros de la biblioteca del Ayuntamiento; y durante todo ese tiempo ignoré cómo se llamaba. Sólo más tarde, cuando ya me había convertido en hombre hecho y derecho, tuve la fortuna de encontrarlo de nuevo, en Madrid y en circunstancias que no corresponden al hilo de la presente historia. Para entonces él ya no era un oscuro soldado. Mas, pese a los años transcurridos desde aquella remota mañana holandesa, aún recordaba mi nombre.

También yo pude, al fin, conocer el suyo. Se llamaba Pedro Calderón: don Pedro Calderón de la Barca.

Pero volvamos a Oudkerk. Después que el soldado se fue y yo me alejé de la plaza, anduve en busca del capitán Alatriste, a quien encontré bien de salud con el resto de su escuadra, junto a una pequeña fogata, en el jardín trasero de una casa que daba sobre el embarcadero del canal próximo a la muralla. El capitán y sus camaradas habían sido encargados de atacar aquella parte del pueblo, a fin de incendiar las barcas del muelle y poner mano en la puerta posterior, cortando de ese modo la retirada a las tropas enemigas del recinto. Cuando di con él, los restos de las barcas carbonizadas humeaban en la orilla del canal, y sobre la tablazón del muelle, en los jardines y en las casas podían apreciarse las huellas de la reciente lucha.

—Íñigo —dijo el capitán.

Sonreía fatigado y algo distante, con esa mirada que les queda impresa a los soldados después de un combate difícil. Una mirada que los veteranos de los tercios llamaban *del último cuadro* y que, con el tiempo que yo llevaba en Flandes, había aprendido a distinguir bien de las otras: la del cansancio, la de la resignación, la del miedo, la del toque de degüello. Aquélla era la que te queda en los ojos después que hayan pasado por ellos todas las otras, y también era exactamente la que el capitán Alatriste tenía en ese momento. Descansaba sentado en un banco, el codo sobre una mesa y la pierna izquierda extendida, como si le doliera. Sus botas altas hasta la rodilla estaban llenas de barro, y llevaba sobre los hombros una ropilla parda, sucia y desabrochada, bajo la que podía verse su viejo coleto de piel de búfalo. El sombrero estaba sobre la mesa, junto a una pistola —observé que había sido disparada— y el cinto con su espada y la daga.

—Acércate al fuego.

Obedecí con gusto, mirando los cadáveres de tres holandeses que yacían cerca: uno sobre las tablas del muelle próximo, otro bajo la mesa. El tercero estaba boca abajo, en el umbral de la puerta trasera de la casa, con una alabarda que no le sirvió para defender su vida ni para ningún otro menester. Observé que tenía las faltriqueras vueltas del revés, le habían quitado el coselete y los zapatos, y le faltaban dos dedos de una mano, sin duda porque quien lo despojó tenía prisa por sacarle los anillos. El reguero de su sangre, rojo pardusco, cruzaba el jardín hasta donde se hallaba sentado el capitán.

—Frío ése no tiene ya —dijo uno de los soldados.

Por su fuerte acento vascuence, sin necesidad de volverme, supe que quien había hablado era Mendieta, vascongado como yo, un vizcaíno cejijunto y fuerte que lucía un mostacho casi tan grande como el de mi amo. Completaban el rancho Curro Garrote, un malagueño de los Percheles tan tostado que parecía moro, el mallorquín José Llop, y Sebastián Copons, viejo camarada de antiguas campañas del capitán Alatriste: un aragonés pequeño, reseco y duro como la madre que lo parió, cuyo rostro parecía tallado en la piedra de los mallos de Riglos. Por las cercanías vi rondar a otros de la escuadra: los hermanos Olivares y el gallego Rivas.

Todos se holgaron de verme bueno y entero, pues conocían mi difícil tarea en el puente levadizo, aunque no hubo grandes aspavientos por su parte; de un lado no era la primera vez que yo olía la pólvora en Flandes, del otro ellos mismos tenían asuntos propios en que pensar, y por demás no eran del tipo de soldados que pregonan en exceso lo que, en el fondo y por oficio, no es sino obligación de todo el que cobra paga de su rey. Aunque en nuestro caso —o más bien en el de ellos, pues los mochileros no teníamos derecho a ventajas ni soldada— el tercio llevaba mucho tiempo sin ver la color de un real de a ocho.

Tampoco Diego Alatriste se excedió en su bienvenida, pues ya he dicho que se limitó a sonreír apenas, torciendo el mostacho como al aire de otra cosa. Luego, al ver que yo me quedaba dando vueltas alrededor como un buen perro en procura de una caricia del amo, alabó mi jubón de terciopelo rojo y acabó ofreciéndome un trozo de pan y unas salchichas que sus compañeros asaban en la fogata que les servía también para calentarse. Aún tenían las ropas húmedas tras la noche pasada en el agua del canal, y sus rostros grasientos, sucios y desgreñados por la vela y el combate, reflejaban cansancio. Estaban, sin embargo, de buen humor. Seguían vivos, todo había salido bien, el pueblo era otra vez de la religión católica y del rey nuestro señor, y el botín —varios sacos y hatos apilados en un rincón— razonable.

—Después de tres meses ayunos de paga —comentaba Curro Garrote, limpiando los anillos ensangrentados del holandés muerto— esto nos da cuartel.

Al otro lado del pueblo sonaron clarinazos y redobles de trompetas y cajas. La niebla empezaba a levantarse, y eso nos permitió ver una hilera de soldados que avanzaba por encima del dique del Ooster. Las largas picas se movían como un bosque de juncos entre los últimos restos de bruma gris, y un breve rayo de sol, adelantado a modo de avanzadilla, hizo relucir los hierros de las lanzas, los morriones y los coseletes, reflejándolos en las aguas quietas del canal. Al frente iban caballos y banderas con la buena y vieja cruz de San Andrés, o de Borgoña: el aspa roja, enseña de los tercios españoles:

—Es Jiñalasoga —dijo Garrote.

Jiñalasoga era el apodo que daban los veteranos a don Pedro de la Daga, maestre de campo del tercio viejo de Cartagena. En lengua soldadesca de la época, jiñar equivalía —-disimulen vuestras mercedes— a proveerse, o sea, cagar. Lo que suena algo ordinario traído aquí a cuento; pero, pardiez, éramos soldados y no monjas de San Plácido. En cuanto a lo de la soga, que a eso iba, nadie que conociese la afición de nuestro maestre de campo a ahorcar a sus hombres por faltas a la disciplina albergaba dudas sobre la oportunidad del mote. El caso, para terminar, es que Jiñalasoga, por mejor nombre el maestre don Pedro de la Daga, que tanto monta, venía por el dique a tomar posesión oficial de Oudkerk con la bandera de refuerzo del capitán don Hernán Torralba.

—A media mañana llega —murmuró Mendieta, malhumorado—. Y con todo el tajo hecho, o así.

Diego Alatriste se puso lentamente en pie, y vi que lo hacía con dificultad, doliéndose de la pierna que había tenido extendida todo el rato. Yo sabía que no era herida nueva, sino vieja de un año, en la cadera, recibida en los callejones próximos a la plaza Mayor de Madrid durante el penúltimo encuentro con su viejo enemigo Gualterio Malatesta. La humedad le producía molestias reumáticas, y la noche pasada en las aguas del Ooster no era receta para remediarlas.

—Vamos a echar un vistazo.

Se atusó el mostacho, ciñó la pretina con espada y vizcaína, introdujo la pistola en el cinto y cogió el sombrero de grandes alas con su eterna y siempre ajada pluma roja. Luego, despacio, volvióse a Mendieta.

—Los maestres de campo siempre llegan a media mañana —dijo, y en sus ojos glaucos y fríos era imposible conocer si hablaba en serio o de zumba—. Que para eso ya madrugamos nosotros.

Capítulo II

EL INVIERNO HOLANDÉS

Pasaron las semanas, y los meses, y se entró bien adentro el invierno; y pese a que nuestro general don Ambrosio Spínola había vuelto a apretar la mancuerda a las provincias rebeldes, Flandes se iba perdiendo, y nunca se acababa de perder, hasta que al cabo se perdió. Y consideren por lo menudo vuestras mercedes que, cuando digo que nunca se acababa de perder, me refiero a que sólo la poderosa máquina militar española sostenía el cada vez más débil lazo con aquellas lejanas tierras desde las que un correo, reventando caballos de posta, tardaba tres semanas en llegar a Madrid. Al norte, los Estados Generales, apoyados por Francia, Inglaterra, Venecia y otros enemigos nuestros, se consolidaban en su rebeldía merced al culto calvinista, más útil para los negocios de sus burgueses y comerciantes que la verdadera religión, opresiva, anticuada y poco práctica para quienes preferían habérselas con un Dios que aplaudiese el lucro y el beneficio, sacudiéndose de paso el yugo de una monarquía castellana demasiado distante, centralista y autoritaria. Y por su parte, los Estados católicos del sur, aún leales, empezaban a estar hartos del costo de una guerra que habría de totalizar ochenta años, y de las exacciones y agravios de unas tropas que cada vez más eran consideradas tropas de ocupación. Todo eso pudría no poco el ambiente, y a ello hemos de añadir la decadencia de la propia España, donde un rey bien intencionado e incapaz, un valido inteligente pero ambicioso, una aristocracia estéril, un funcionariado corrupto y un clero por igual estúpido y fanático, nos llevaban de cabeza al abismo y a la miseria, con Cataluña y Portugal a punto de separarse de la corona, este último para siempre. Estancados entre reyes, aristócratas y curas, con usos religiosos y civiles que despreciaban a quienes pretendían ganar honradamente el pan con sus manos, los españoles preferíamos buscar fortuna peleando en Flandes o conquistando América, en busca del golpe de suerte que nos permitiese vivir como señores, sin pagar impuestos ni dar golpe. Ésa fue la causa que hizo enmudecer nuestros telares y talleres, despobló España y la empobreció; y nos redujo primero a ser una legión de aventureros, luego un pueblo de hidalgos mendicantes, y al cabo una chusma de ruines sanchopanzas. Y de ese modo, la vasta herencia recibida de sus abuelos por el rey nuestro señor, aquella España en la que nunca se ponía el sol, pues cuando el astro se ocultaba en uno de sus confines ya los alumbraba por otro, seguía siendo lo que era sólo merced al oro que traían los galeones de las Indias, y a las picas —las famosas lanzas que Diego Velázquez iba a inmortalizar muy pronto precisamente gracias a nosotros— de sus veteranos tercios. Con lo que, pese a nuestra decadencia, todavía no éramos despreciados y aún éramos temidos. De modo que muy en sazón y justicia, y para afrenta de todas las otras naciones, podíase decir aquello de:

¿Quién hablaba aquí de guerra?
¿Aún nuestra memoria brilla?
¿Aún al nombre de Castilla
tiembla de pavor la Tierra?

Disimularán vuestras mercedes que me incluya con tan parca modestia en el paisaje; pero a esas fechas de la campaña de Flandes, aquel jovencito Íñigo Balboa que conocieron cuando la aventura de los dos ingleses y la del convento, ya no lo era tanto. El invierno del año veinte y cuatro, que el tercio viejo de Cartagena pasó de guarnición en Oudkerk, hallóme en pleno vigor de mi crecimiento. Ya he contado que el olor a pólvora me era harto familiar, y aunque por edad no empuñaba pica, espada ni arcabuz en los combates, mi condición de mochilero de la escuadra donde servía el capitán Alatriste habíame convertido en veterano de todo tipo de lances. Mi instinto ya era el de un soldado, podía olfatear una cuerda de arcabuz encendida a media legua, distinguía las libras y las onzas de cada bala de cañón o mosquete por su zumbido, y desarrollaba singular talento en el menester que los mochileros llamábamos forrajear: incursiones en cuadrilla por las cercanías, merodeando en busca de leña y comida para los soldados y para nosotros mismos. Eso resultaba imprescindible cuando, como era el caso, las tierras se veían devastadas por la guerra, escaseaba el bastimento y cada cual debía arreglárselas a su aire. No siempre era pan comido; y lo prueba que, en Amiens, franceses e ingleses nos mataron a ochenta mochileros, algunos de doce años, que andaban forrajeando en el campo: inhumanidad incluso en tiempo de guerra, que luego los españoles vengaron a destajo, pasando a cuchillo a doscientos soldados de la rubia Albión. Porque donde las dan, las toman. Y si a la larga los súbditos de las reinas y los reyes de la Inglaterra nos fastidiaron bien en muchas campañas, cumplido es recordar que despachamos a no pocos; y que sin ser tan recios mozos como ellos, ni tan rubios, ni tan vocingleros bebiendo cerveza, en lo tocante a arrogancia nunca nos mojaron la oreja. Además, si el inglés combatió siempre con el valor de su soberbia nacional, nosotros lo hicimos con el de nuestra desesperación nacional, que tampoco era —qué remedio— moco de pavo. De modo que se lo hicimos pagar muy caro en su maldito pellejo, a ellos y a tantos otros:

> *Pues esto fue, no es nada,*
> *una pierna no más, de una volada.*
> *¿Qué piensan esos perros luteranos?*
> *¿Piernas me quitan, y me dejan manos?*

En fin. Lo cierto es que durante ese invierno de luz indecisa, niebla y lluvia gris, forrajeé, merodeé y escaramucé de aquí para allá, en aquella tierra flamenca que no era árida a la manera de la mayor parte de España —ni en eso nos sonrió Dios—, sino casi toda verde como las campas de mi Oñate natal, aunque mucho más llana y surcada de ríos y canales. En semejante actividad me revelé consumado perito robando gallinas, desenterrando nabos, poniéndole la daga en el cuello a campesinos tan hambrientos como yo para quitarles su magra comida. Hice, en suma, y aún haría otras en mis siguientes años, muchas cosas que no estoy orgulloso de recordar; pero sobreviví al invierno, socorrí a mis camaradas y me hice un hombre en toda la extensa y terrible acepción de esa palabra:

Ceñí, en servicio de mi rey, la espada
antes que el labio me ciñese el bozo...

Como escribió de sí mismo el propio Lope. También perdí mi virginidad. O mi virtud, dicho a la manera del buen Dómine Pérez. Que a tales alturas, en Flandes y en mi situación de medio mozo y medio soldado, era una de las pocas cosas que me quedaban por perder. Pero ésa es historia íntima y particular, que no tengo intención de referir aquí por lo menudo a vuestras mercedes.

La escuadra de Diego Alatriste era la principal de la bandera del capitán don Carmelo Bragado, y estaba formada por lo mejor de cada casa: gente de hígados, acero fácil y pocos remilgos, hecha a sufrir y a pelear, todos ellos soldados veteranos que como mínimo llevaban entre pecho y espalda la campaña del Palatinado o años de servir en el Mediterráneo con los tercios de Nápoles o Sicilia, cual era el caso del malagueño Curro Garrote.

Otros, como el mallorquín José Llop o el vizcaíno Mendieta, ya habían combatido en Flandes antes de la tregua de los Doce Años, y unos pocos, como Copons, que era de Huesca, y el propio Alatriste, alcanzaban en sus amarillentas hojas de servicio los últimos años del buen don Felipe Segundo; a quien Dios tenga en su gloria, y bajo cuyas viejas banderas, como diría Lope, habían ceñido ambos al mismo tiempo espada y bozo. Entre bajas e incorporaciones, la escuadra solía sumar diez o quince hombres, según los casos, y no tenía una función específica en la compañía que no fuese la de moverse con rapidez y reforzar a las otras en sus diversas acciones; para lo que contaba con media docena de arcabuces y otros tantos mosquetes. La escuadra se regía de modo singular: no había un cabo, o jefe, pues en campaña quedaba a la orden directa del capitán Bragado, que lo mismo la empleaba en línea con el resto que la dejaba ir a su aire en golpes de mano, descubiertas, escaramuzas y almogavarías. Todos eran, como dije, fogueados y conocedores de su oficio; y tal vez por ello, en su modo interno de regirse, aún sin haber designado cabo ni jerarquía formal ninguna, una suerte de acuerdo tácito atribuía la autoridad a Diego Alatriste. En cuanto a los tres escudos de ventaja que reportaba el cargo de cabeza de escuadra, era el capitán Bragado quien los percibía; ya que como tal figuraba en los papeles del tercio, amén de sus cuarenta de sueldo como capitán efectivo de la bandera. Pues, aunque hombre de casta acorde a su apellido y razonable oficial mientras no se ofendiese la disciplina, don Carmelo Bragado era de los que oyen *cling* y dicen mío; nunca dejaba pasar de largo un maravedí, e incluso mantenía enrolados a muertos y desertores para quedarse con sus pagas, cuando las había. Ésa, por otra parte, era práctica muy al uso, y en descargo de Bragado podemos decir dos cosas: nunca se negaba a socorrer a los soldados que lo habían menester, y además propuso en dos ocasiones a Diego Alatriste para la ventaja de cabo de escuadra, por más que ambas dos éste declinó el ascenso. Sobre la estima en que Bragado tenía a mi amo, diré sólo que cuatro años antes, en la Montaña Blanca, cuando el fracaso del primer asalto de Tilly y el segundo ataque bajo las órdenes de Bucquoy y el coronel don Guillermo Verdugo, Alatriste y el capitán Bragado —y también Lope Balboa, mi padre— habían subido hombro con hombro ladera arriba, peleando por cada palmo de terreno entre los peñascos cubiertos de cadáveres; y que un año después de eso, en la llanura de Fleurus, cuando don Gonzalo de Córdoba ganó la batalla pero el tercio viejo de Cartagena resultó casi aniquilado tras aguantar a pie firme varias cargas de caballería, Diego Alatriste estaba entre los últimos españoles que mantuvieron impávidos las filas en torno a la bandera que, muerto el alférez portaestandarte, muertos todos los otros oficiales, sostenía en alto el propio capitán Bragado. Y en aquel tiempo y entre aquellos hombres, esas cosas, pardiez, aún significaban algo.

Llovía en Flandes. Y voto a Dios que llovió bien a sus anchas todo aquel maldito otoño, y también durante el maldito invierno, convirtiendo en lodazal el suelo llano, movedizo y pantanoso, surcado en todas direcciones por ríos, canales y diques que parecían trazados por la mano del diablo. Llovió días, y semanas, y meses enteros hasta anegar el paisaje gris de nubes bajas: tierra extraña de lengua desconocida, poblada por gentes que nos odiaban y temían a un tiempo; campiña esquilmada por la estación y la guerra, falta incluso de con qué defenderse de los fríos, los vientos y el agua. Allí no había ni melocotones, ni higos, ni ciruelos, ni pimienta, ni azafrán, ni olivos, ni aceite, ni naranjos, ni romero, ni pinos, ni laureles, ni cipreses. Ni siquiera había sol, sino un disco tibio que se movía perezosamente tras el velo de nubes. El lugar de donde procedían nuestros hombres cubiertos de hierro y cuero, que pisaban recio mientras añoraban para su coleto los cielos claros del sur, estaba muy lejos; tan lejos como el fin del mundo. Y esos soldados rudos y soberbios, que de semejante modo devolvían a las tierras del norte la visita recibida siglos atrás, a la caída del imperio romano, se sabían pocos y a distancia de cualquier paisaje amigo. Ya había escrito Nicolás Maquiavelo que el valor de nuestra infantería procedía de la propia necesidad, reconociendo el florentino muy a su pesar —pues nunca tragó a los españoles— *«que peleando en una tierra extranjera, y pareciéndoles obligado morir o vencer por no darse a la fuga, resultan muy buenos soldados».* Aplicado a Flandes, ello es del todo cierto: no pasaron jamás de 20.000 los españoles allí, y nunca estuvimos más de 8.000 juntos. Pero tal era la fuerza que nos permitió ser amos de Europa durante un siglo y medio: conocer que sólo las victorias nos mantenían a salvo entre gentes hostiles, y que, derrotados, ningún lugar adonde retirarse estaba lo bastante cerca para ir andando. Por eso nos batimos hasta el final con la crueldad de la antigua raza, el valor de quien nada espera de nadie, el fanatismo religioso y la insolencia que uno de nuestros capitanes, don Diego de Acuña, expresó mejor que nadie en su famoso, apasionado y truculento brindis:

> *Por España; y el que quiera*
> *defenderla honrado muera;*
> *y el que traidor la abandone*
> *no tenga quien le perdone,*
> *ni en tierra santa cobijo,*
> *ni una cruz en sus despojos,*
> *ni las manos de un buen hijo*
> *para cerrarle los ojos.*

Llovía, contaba a vuestras mercedes, y como si cayesen cántaros del cielo, la mañana en que el capitán Bragado hizo una visita de inspección a los puestos avanzados donde se alojaba su bandera. El capitán era un leonés del Bierzo, grande, de seis pies de estatura, y para salvar los barrizales había requisado en alguna parte un caballo holandés de labor: un animal apropiado a su tamaño, de fuertes patas y buena alzada. Diego Alatriste estaba apoyado en la ventana, observando los regueros de lluvia que se deslizaban por los gruesos cristales empañados, cuando lo vio aparecer por el dique a lomos del caballo, las faldas del sombrero vencidas por el agua y un capote encerado sobre los hombros.

—Calienta un poco de vino —le dijo a la mujer que estaba a su espalda.

Lo dijo en un flamenco elemental —«*verwarm wijn*», fueron sus palabras— y siguió mirando por la ventana mientras la mujer avivaba el miserable fuego de turba que ardía en la estufa y ponía encima una jarra de estaño. La cogió de la mesa donde unos mendrugos de pan con restos de col hervida estaban siendo despachados por Copons, Mendieta y los otros. Todo se veía sucio, el hollín de la estufa manchaba la pared y el techo, y el olor de los cuerpos encerrados entre las paredes de la casa, con la humedad filtrándose por las vigas y tejas, podía cortarse con cualquiera de las dagas o espadas que estaban por todas partes, junto a los arcabuces, los coletos de cordobán, las prendas de abrigo y la ropa sucia. Olía a cuartel, a invierno y a miseria. Olía a soldados, y a Flandes.

La luz grisácea de la ventana acentuaba cicatrices y oquedades en el rostro sin afeitar de Diego Alatriste, bajo el mostacho, enfriando más la claridad inmóvil de sus ojos. Estaba en mangas de camisa, con el jubón desabrochado puesto sobre los hombros, y dos cuerdas de arcabuz anudadas bajo sus rodillas le sostenían las cañas altas de las remendadas botas de cuero. Sin moverse de la ventana vio cómo el capitán Bragado desmontaba ante la puerta, empujaba ésta, y luego, sacudiéndose el agua del sombrero y del capote, entraba con un par de reniegos y un por vida de, maldiciendo del agua, del barro y de Flandes entera.

—Sigan comiendo vuestras mercedes —dijo—. Ya que tienen con qué.

Los soldados, que habían hecho gesto de levantarse, prosiguieron con su magra pitanza, y Bragado, cuyas ropas humearon al acercarse a la estufa, aceptó sin remilgos un poco de pan duro y una escudilla con restos de col que le alcanzó Mendieta. Luego miró detenidamente a la mujer mientras aceptaba la jarra de vino caliente que ésta le puso en las manos; y tras caldearse un poco los dedos con el metal bebió a cortos sorbos, mirando de reojo al hombre que seguía de pie junto a la ventana.

—Voto a Dios, capitán Alatriste —apuntó al poco—, que no están vuestras mercedes mal instalados aquí.

Era singular oírle al capitán de la bandera llamar de tan natural modo capitán a Diego Alatriste; y eso prueba hasta qué punto éste y su sobrenombre eran conocidos de todos, y respetados hasta por los superiores. De cualquier modo, Carmelo Bragado lo había dicho volviendo con codicia sus ojos a la mujer, que era una flamenca de treinta y tantos años, rubia como casi todas las de su tierra. No resultaba especialmente bonita, con las manos enrojecidas por el trabajo y los dientes poco parejos; pero tenía la piel blanca, caderas anchas bajo el delantal y pechos abundantes que mantenían bien tensos los cordones de su corpiño, al modo de las mujeres que por aquella misma época pintaba Pedro Pablo Rubens. Tenía, en suma, ese aspecto de oca sana que suelen tener las campesinas flamencas cuando aún siguen en sazón. Y todo eso —como el propio capitán Bragado y hasta el recluta más bobo podían adivinar con sólo ver el modo en que ella y Diego Alatriste se ignoraban públicamente— muy para desdicha de su marido, un campesino acomodado, flamenco cincuentón de cara agria, que andaba por allí esforzándose en ser servil con aquellos extranjeros hoscos y temibles, a quienes odiaba con toda su alma, pero que su mala fortuna le había adjudicado como portadores de boleta de alojamiento. Un marido que no tenía otro remedio que tragarse toda su ira y su despecho cada noche, cuando, tras sentir a su mujer deslizarse silenciosamente de su lado, escuchaba sus gemidos sordos, sofocados a duras penas entre el crujir del jergón de hojas de maíz donde se acostaba Alatriste. Por qué sucedía tal es algo que pertenece a la vida privada del matrimonio. De cualquier modo, el flamenco obtenía a cambio ciertas ventajas: su casa, hacienda y pescuezo seguían a salvo, cosa que no podía decirse de todas partes donde se alojaban españoles. Por muy cornudo que fuese aquel villano, su mujer tenía que habérselas con uno y de buen grado, y no con varios y por la fuerza. A fin de cuentas, en Flandes como en cualquier sitio y tiempo de guerra, el que no se consolaba era de mal contentar: el mayor alivio, para casi todo el mundo, siempre fue sobrevivir. Y aquel marido, al menos, era un marido vivo.

—Traigo órdenes —dijo el oficial—. Una incursión por el camino de Geertrud-Bergen. Sin matar mucho… Sólo para tomar lengua del enemigo.

—¿Prisioneros? —preguntó Alatriste.

—Nos irían bien dos o tres. Por lo visto, nuestro general Spínola cree que los holandeses preparan un socorro con barcas a Breda, aprovechando que las aguas están subiendo con las lluvias… Convendría que la gente fuese una legua hacia allá y confirmara el asunto. Cosa hecha a la sorda, sin ruido. Cosa discreta.

A la sorda o con trompetas, una legua bajo aquella lluvia, por el barro de los caminos, no era cosa baladí; pero ninguno de los hombres que estaban allí se mostró sorprendido. Todos sabían que esa misma lluvia mantenía a los holandeses en sus casernas y trincheras, y que roncarían a pierna suelta mientras unos cuantos españoles se deslizaban bajo sus narices.

Diego Alatriste se pasó dos dedos por el mostacho.

—¿Cuándo salimos?

—Ahora.

—¿Número de hombres?

—Toda la escuadra.

Se oyó una blasfemia entre los sentados a la mesa, y volvióse el capitán Bragado, centelleantes los ojos. Pero todos permanecían con la cabeza baja. Alatriste, que había reconocido la voz de Curro Garrote, le dirigió al malagueño una silenciosa mirada.

—Tal vez —dijo Bragado muy despacio— alguno de estos señores soldados tenga algo que decir al respecto.

Había dejado la jarra de vino caliente sobre la mesa sin terminarla, y apoyaba la muñeca en el pomo de su espada. Los dientes, amarillentos y fuertes, asomaban bajo el bigote de manera harto desagradable. Parecían los de un perro de presa listo para morder.

—Nadie tiene nada que decir —repuso Alatriste.

—Más vale así.

Garrote alzó la cabeza, amostazado por aquel *nadie*. Era un rajabroqueles flaco y tostado de piel, con barba escasa, rizada como la de los turcos contra quienes había peleado en las galeras de Nápoles y Sicilia. Llevaba el pelo largo y grasiento, un aro de oro en la oreja izquierda, y ninguno en la derecha porque un alfanje turco —contaba— le había rebanado la mitad frente a la isla de Chipre; aunque otros lo atribuían a cierta pendencia a cuchilladas en una mancebía de Ragusa.

—Yo sí tengo tres cosas —apuntó— que decirle al señor capitán Bragado… Una es que al hijo de mi madre le da igual andar dos leguas con lluvia, con holandeses, con turcos o con la puta que los parió…

Hablaba firme, jaque, un punto desabrido; y sus compañeros lo miraban expectantes, algunos con visible aprobación. Todos eran veteranos y la disciplina ante la jerarquía militar les era natural; pero también les era natural la insolencia, pues el oficio de las armas a todos hacía hidalgos. Lo de la disciplina, nervio de los viejos tercios, habíalo reconocido incluso aquel inglés, el tal Gascoigne, cuando en *La furie espagnole* —esa relación suya sobre el saco de Amberes— escribía: *«Los valones y alemanes son tan indisciplinados cuanto admirables los españoles por su disciplina»*. Lo que ya es reconocer, por cierto, habiendo de por medio españoles y un autor inglés. En cuanto a la arrogancia, no es ocioso hilar aquí la opinión de don Francisco de Valdez, que fue capitán, sargento mayor y luego maestre de campo, y conocía por tanto el paño cuando afirmó en su *Espejo y disciplina militar* eso de *«Casi generalmente aborrecen el ir ligados a la orden, mayormente infantería española, que de complexión más colérica que la otra, tiene poca paciencia»*. Pues a diferencia de los flamencos, que eran pausados y flemáticos, no mentían ni se encolerizaban y hacían las cosas con mucho sosiego —aunque eran avaros en extremo, tan malos para reloj que por no dar no dieran ni las horas—, de siempre a los españoles de Flandes, la certeza de su valor y peligro, que junto al talante sufrido en la adversidad hacía el milagro de una disciplina de hierro en el campo de batalla, hízolos también poco suaves en otras materias, como el trato con los superiores, que debían andárseles con mucho tiento y mucha política; no siendo raro el caso en que, pese a la pena de horca, simples soldados acuchillaran a un sargento o a un capitán por agravios reales o supuestos, castigos humillantes o una mala palabra.

Conocedor de todo eso volvióse Bragado a Diego Alatriste, como para interrogarlo en silencio; pero no halló más que un rostro impasible. Alatriste era de los que dejan que cada cual asuma la responsabilidad de lo que dice, y de lo que hace.

—Vuestra merced habló de tres cosas —dijo Bragado, tornándose de nuevo a Garrote con mucho cuajo y aún más amenazadora sangre fría—... ¿Cuáles son las otras dos?

—Hace mucho que no se reparte paño, y vestimos con harapos —prosiguió el malagueño, sin disminuirse un punto—. Tampoco nos llega comida, y la prohibición de seguir saqueando nos reduce al hambre... Estos bellacos flamencos esconden sus mejores vituallas; y, cuando no, las cobran a peso de oro —señaló con rencor al huésped, que miraba desde la otra habitación—. Estoy seguro de que si pudiéramos hacerle cosquillas con una daga, ese perro nos descubriría una buena despensa, o una orza enterrada con muy lindos florines dentro.

El capitán Bragado escuchaba paciente, en apariencia tranquilo, mas sin apartar la muñeca del pomo de su toledana.

—¿Y en cuanto a la tercera?...

Garrote alzó el tono un poco. Lo justo para ganar arrogancia sin ir demasiado lejos. También él sabía que Bragado no era hombre que tolerase una palabra más alta que otra, ni de sus soldados veteranos ni del papa. Del rey, como mucho, y qué remedio.

—La tercera y principal, señor capitán, es que estos señores soldados, como con mucha razón y justicia nos llama vuacé, no han cobrado su paga desde hace cinco meses.

Esta vez, contenidos murmullos de aprobación corrieron a lo largo de la mesa. Sólo el aragonés Copons, entre los sentados, permaneció mudo, mirando el mendrugo de pan que tenía en las manos, que desmenuzaba en sopas y comía con los dedos dentro de su escudilla. El capitán volvióse a Diego Alatriste, quien seguía de pie junto a la ventana. Sin despegar los labios, Alatriste mantuvo su mirada.

—¿Sostiene eso vuestra merced? —le preguntó Bragado, hosco.

Impasible el rostro, Alatriste se encogió de hombros.

—Yo sostengo lo que yo digo —puntualizó—. Y a veces sostengo lo que mis camaradas hacen... Pero de momento, ni yo he dicho nada, ni ellos han hecho nada.

—Pero este señor soldado nos ha regalado con su opinión.

—Las opiniones son de cada cual.

—¿Por eso calláis y me miráis de ese modo, señor Alatriste?

—Por eso callo y os miro, señor capitán.

Bragado lo estudió despacio y luego asintió lentamente. Ambos se conocían bien, y además el oficial tenía buen juicio a la hora de distinguir entre firmeza y agravios. Así que al cabo retiró la muñeca de la espada para tocarse el mentón. Luego miró a los de la mesa, devolviendo otra vez la mano a la empuñadura.

—Nadie ha cobrado su paga —dijo al fin, y parecía dirigirse a Alatriste, como si fuese éste y no Garrote quien hubiera hablado, o quien mereciese la respuesta—. Ni vuestras mercedes, ni yo tampoco. Ni nuestro maestre de campo, ni el general Spínola... ¡Y eso que don Ambrosio es genovés y familia de banqueros!

Diego Alatriste lo escuchó en silencio y no dijo nada. Sus ojos claros seguían fijos en los del oficial. Bragado no había servido en Flandes antes de la tregua de los Doce Años, pero Alatriste sí. Y entonces los motines estaban a la orden del día. Ambos sabían que éste había vivido de cerca varios de ellos, al negarse las tropas a combatir por llevar meses y años sin cobrar la soldada; pero nunca contóse entre quienes se amotinaban, ni siquiera cuando la precaria situación de las finanzas de España llegó a institucionalizar el motín como único medio para que las tropas obtuviesen sus atrasos. La otra alternativa era el saqueo, como en Roma y Amberes:

> *Pues sin comer he llegado,*
> *y si me atrevo a pedillo,*
> *me muestran ese castillo*
> *de mil flamencos armado.*

Sin embargo, en aquella campaña, salvo en caso de lugares tomados por asalto y en el calor de la acción, la política del general Spínola era no causar demasiadas violencias a la población civil, por no enajenarse sus ya escasas simpatías. Breda, si alguna vez caía, no iba a ser saqueada; y las fatigas de quienes la asediaban no alcanzarían recompensa. Por eso, ante la perspectiva de verse sin botín y sin haberes, los soldados empezaban a poner mala cara y a murmurar en corrillos. Hasta el más menguado podía advertir los síntomas.

—Además, que yo sepa —añadió Bragado—, únicamente los de otras naciones reclaman sus pagas *antes* del combate.

Aquello también era muy cierto. A falta de dinero, quedaba la reputación; y es sabido que siempre los tercios españoles tuvieron muy a punto de honra no exigir sus atrasos ni amotinarse antes de una batalla, porque no se dijera lo hacían por miedo a batirse. Incluso en las dunas de Nieuport y en Alost, tropas ya amotinadas suspendieron sus reclamaciones para entrar en combate. A diferencia de suizos, italianos, ingleses y alemanes, que con frecuencia pedían los sueldos atrasados como condición para pelear, los soldados españoles sólo se amotinaban después de sus victorias.

—Creía —remató Bragado— habérmelas con españoles, y no con tudescos.

La pulla hizo su efecto, y los hombres se removieron inquietos en sus asientos mientras oíase a Garrote mascullar vive Dios como si le hubieran mentado a la madre. Ahora la mirada glauca de Diego Alatriste insinuaba una sonrisa. Porque aquellas palabras fueron mano de santo: no volvió a escucharse protesta alguna entre los veteranos sentados a la mesa, y viose al oficial, ya relajado, sonreírle también a Alatriste. De perro viejo a perro viejo.

—Vuestras mercedes salen ahora mismo —zanjó Bragado.

Alatriste volvió a pasarse dos dedos por el mostacho. Luego miró a sus camaradas.

—Ya habéis oído al capitán —dijo.

Los hombres empezaron a levantarse: a regañadientes Garrote, resignados los otros. Sebastián Copons, pequeño, flaco, nudoso y duro como un sarmiento, hacía rato que estaba en pie endosándose sus arreos, sin esperar órdenes de nadie y como si todos los atrasos, y todas las pagas, y el tesoro del rey de Persia lo trajeran al fresco: fatalista como los moros a quienes pocos siglos antes aún degollaban sus antepasados almogávares. Diego Alatriste lo vio ponerse sombrero y capa y luego salir para avisar a los demás soldados de la escuadra, alojados en el casar vecino. Habían estado juntos en muchas campañas, desde los tiempos de Ostende hasta Fleurus, y ahora Breda, y en todos esos años apenas le oyó pronunciar treinta palabras.

—Voto a tal, que lo olvidaba —exclamó Bragado.

Había cogido otra vez su jarra de vino y la vaciaba mirando a la flamenca, que recogía los desperdicios de la mesa. Sin dejar de beber, sosteniendo la jarra en alto, rebuscó en su jubón, extrajo una carta y se la dio a Diego Alatriste.

—Hace una semana llegó para vos.

Venía sellada con lacre, y las gotas de lluvia habían hecho correrse un poco la tinta del sobrescrito. Alatriste leyó el remite consignado en el dorso: *De don Francisco de Quevedo Villegas, en la posada de la Bardiza, de Madrid.*

La mujer lo rozó al pasar, sin mirarlo, con uno de sus senos abundantes y firmes. Brillaban los aceros al introducirse en las vainas, relucía el cuero bien engrasado. Alatriste cogió su coleto de piel de búfalo y se lo ciñó despacio, antes de requerir el tahalí con espada y daga. Afuera, el agua seguía golpeando en los cristales.

—Dos prisioneros, al menos —insistió Bragado.

Los hombres estaban listos. Mostachos y barbas bajo los sombreros y los pliegues de las capas enceradas, llenas de zurcidos y malos remiendos. Armas ligeras propias de lo que iban a hacer, nada de mosquetes ni picas ni embarazos, sino buen y simple acero de Toledo, Sahagún, Milán y Vizcaya: espadas y dagas. También alguna pistola cuya culata abultaba bajo las ropas, pero que resultaría inútil con la pólvora mojada por tanta lluvia. Mendrugos de pan, un par de cuerdas para maniatar holandeses. Y aquellas miradas vacías, indiferentes, de soldados viejos dispuestos a encarar una vez más los azares de su oficio, antes de volver un día a su tierra recosidos de cicatrices, sin hallar cama en que acostarse, ni vino que beber, ni lumbre para cocer pan. Eso si no conseguían —la jerga soldadesca los llamaba *terratenientes*— siete lindos palmos de tierra flamenca donde dormir eternamente con la nostalgia de España en la boca.

Bragado terminó el vino, Diego Alatriste lo acompañó hasta la puerta y el oficial se fue sin más charla; nadie hizo frases ni hubo despedidas. Lo vieron alejarse sobre el dique a lomos de su penco, cruzándose con Sebastián Copons, que venía de regreso.

Sentía Alatriste los ojos de la mujer fijos en él, pero no se volvió a mirarla. Sin dar explicaciones sobre si partían para unas horas o para siempre, empujó la puerta y salió al exterior, bajo la lluvia, sintiendo entrar el agua por las suelas agrietadas de sus botas; la humedad calaba hasta la médula de los huesos, reavivándole el malestar de las viejas heridas. Suspiró quedo y echó a andar, oyendo a su espalda el chapoteo en el barro de sus compañeros, que lo seguían en dirección al dique donde Copons aguardaba inmóvil como una estatua menuda y firme, bajo el aguacero.

—Mierda de vida —dijo alguien.

Y sin más palabras, con la cabeza gacha y envueltos en sus capas empapadas, la fila de españoles se adentró en el paisaje gris.

De don Francisco de Quevedo Villegas
a don Diego Alatriste y Tenorio ❦
Tercio Viejo de Cartagena ❦ *Posta militar de Flandes.*

Espero, querido capitán, que al recibo de la presente esté v.m. sano y de una pieza. En lo que a mí respecta, os escribo recién salido de una mala condición de humores que, determinada en calenturas, túvome quebrantado varios días. Ahora gracias a Dios estoy bueno, y puedo mandaros mi afecto constante y mis saludos.

Supongo que andaréis en lo de Breda, que es negocio que en la corte viaja de boca en boca, por lo mucho que importa al futuro de nuestra monarquía y a la fe católica, y porque se dice que el aparato y máquina militar puesto en obra no tiene igual desde los tiempos en que Julio César asediaba Alesia. Aquí se aventura que la plaza se ha de ganar sin remedio a los holandeses y caerá como fruta madura; aunque no falta quien apunta que don Ambrosio Spínola se lo toma con mucha flema, y que la fruta madura, o se come en sazón, o se agusana. De cualquier modo, puesto que corazón nunca os faltó, os deseo buena suerte en los asaltos, trincheras, minas y contraminas y demás invenciones diabólicas en que tanto abundan negocios ruidosos como el que os ocupa.

Una vez escuché decir a v.m. que la guerra es limpia; y os entendí de modo sobrado, hasta el punto de que a veces no puedo sino daros la razón. Aquí en la Villa y Corte el enemigo no viste peto y morrión, sino toga, sotana o jubón de seda, y nunca ataca por derecho, sino emboscado. En ese particular sabed que todo sigue como siempre, pero peor. Aún confío en la voluntad del conde-duque, mas temo que ni eso baste; a los españoles nos faltarán primero lágrimas que causas de llorar, pues trabajos son vanos ofrecer al ciego luz, al sordo palabras, al bruto ciencia y a los monarcas honradez. Aquí medran los de siempre, el rubio y poderoso caballero sigue siendo sota, caballo, rey de cualquier asunto, y todo hombre honesto tiene que hacerse violencia de continuo. En cuanto a mí, sigo sin progresos en el eterno pleito sobre la Torre de Juan Abad, lidiando cada día con esta Justicia venal y miserable que, harto de poner abortos en el infierno, tuvo a bien darnos Dios. Y os aseguro, capitán, que nunca vime frente a tanto bellaco como el que se encuentra en la plaza de la Providencia. Justamente sobre ello permitiréis que os obsequie con un soneto que estos mis recientes descalabros han inspirado:

Las leyes con que juzgas, vil cochino,
menos bien las estudias que las vendes;
lo que te compran solamente entiendes;
más que Jasón te agrada el Vellocino.

El humano derecho y el divino
cuando los interpretas, los ofendes,
y al compás que la encoges o la extiendes
tu mano para el fallo se previno.

No sabes escuchar ruegos baratos,
y sólo quien te da te quita dudas;
no te gobiernan textos, sino tratos.

Pues que de intento y de interés no mudas,
o lávate las manos con Pilatos,
o, con la bolsa, ahórcate con Judas.

Todavía estoy puliendo el primer endecasílabo, pero confío en que os guste. En cuanto a mis otros asuntos, versos y justicia terrena aparte, van bien. En la corte sigue en ascenso la estrella de vuestro amigo Quevedo, de lo que no me quejo, y soy otra vez bienquisto en casa del conde-duque y en Palacio, quizá porque en los últimos tiempos guardo lengua y espada en recaudo, pese al natural impulso de desembarazar una y otra. Pero hay que vivir; y puesto que de destierros, pleitos, prisiones y quebrantos mucho conozco, no creo desdoro darme tregua y sosegar un poco mi esquiva fortuna. Por eso intento recordar cada día que a reyes y poderosos siempre hay que darles gracias, aunque no se tenga de qué, y nunca quejas, aunque se tenga de qué.

Pero digo que tengo a recaudo la toledana, y no digo toda la verdad; porque lo cierto es que desnudéla hace unos días para golpear de plano, como a criado y gente baja, a cierto poetastro servil y miserable, un tal Garciposadas, que en unos versos infames desacreditó al pobre Cervantes, que en gloria esté, alegando que El Quijote lo había escrito con la mano manca y que era libro hebén y de poca substancia, mala prosa y escasa literatura,

55

y que lo que mucha gente lee es propio del vulgo, y poco aprovecha, y nadie recordará el día de mañana. Semejante cagatintas es uña y carne de ese bujarrón de Góngora, con lo que está dicho todo. Así que una noche en que yo iba más inclinado a filosofar en vino que a filosofar en vano, topéme al bellaco a la puerta de la taberna de Longinos, famosa aguja de navegar cultos, baluarte de fulgores, triclinios, purpurancías y piélagos undosos de la onda umbría, acompañado por dos rascapuertas culteranos que le llevan la botija: el bachiller Echevarría y el licenciado Ernesto Ayala; unos tiñalpas que mean bilis, y que sostienen que la auténtica poesía es la jerigonza, o jerigóngora, que nadie aprecia salvo los elegidos, o sea, ellos y sus compadres; y pasan la vida afeando los conceptos que escribimos otros, siendo por su parte incapaces de hilar catorce versos para un soneto. El caso es que iba yo con el duque de Medinaceli y otros jóvenes caballeros embozados, todos de la cofradía de San Martín de Valdeiglesias, y pasamos un buen rato desorejando un poco a los muy villanos (que encima no tienen ni media estocada) hasta que llegaron los corchetes a poner paz, y fuímonos, y no hubo nada.

Por cierto, y a cuento de bellacos, las nuevas sobre vuestro muy aficionado Luis de Alquézar son que el señor secretario real sigue en punto de privanza en palacio, que se ocupa de asuntos de Estado cada vez más notorios, y que viene haciéndose, cual todo el mundo, una fortuna por vía extremadamente rápida. Y además como sabéis tiene una sobrina que ya es niña lindísima y menina de la reina. En cuanto al tío, por ventura os halláis lejos; pero a la vuelta de Flandes deberéis guardaros de él.

Nunca sabe uno hasta dónde alcanza el veneno que escu-
pen los reptiles.

Y ya que parlo de reptiles, debo contar a v.m. que
hace unas semanas creí cruzarme con ese italiano al que os
ligan, según creo, cuentas pendientes. Ocurrió ante el
mesón de Lucio, en la Cava Baja; y si de veras fue él,
parecióme gozar de buena salud; eso me hace discurrir
que estará mejorado de vuestras últimas conversaciones.
Miróme un instante, cual si me conociera, y luego anduvo
camino sin más. Siniestro individuo, dicho sea al paso; en-
lutado de pies a cabeza, con la cara marcada de viruelas
y esa tizona enorme que carga al cinto. Alguien, con
quien conversé discretamente del asunto, me dijo que rige
una parva cuadrilla de jaques y rufianes que Alquézar
mantiene ahora con sueldo fijo, y que le ofician de evan-
gelistas para golpes de mano zurda. Negocio este, ba-
rrunto, que de un modo u otro deberá encarar un día v.m.;
que quien deja vivo al ofendido, deja viva su venganza.

Sigo asiduo de la taberna del Turco, desde la que
vuestros amigos me encargan os desee sigáis bueno, con
grandes recomendaciones de Caridad la Lebrijana; que,
según dice, y no tengo pruebas para un mentís, os guarda
ausencia y también vuestro antiguo cuarto en la corrala
de la calle del Arcabuz. Sigue lozana, que no es poco.
Por cierto, Martín Saldaña convalece de cierta refriega
nocturna con unos escarramanes que pretendían acogerse
en San Ginés. Diéronle una estocada, de la que sanará.
Según cuentan, mató a tres.

No quiero robaros más tiempo. Sólo os pido transmi-
táis mi afecto al joven Íñigo, que ya será cuerdo mozo y
gallardo émulo de Marte, teniendo como tiene a v.m. para

oficiarle al tiempo de *Virgilio* y de *Aquiles*. *Refrescadle* pese a todo, si os place, mi soneto sobre la juventud y la prudencia; añadiéndole, si gustáis, estos otros versos con los que ando a vueltas:

Heridas son lesión al desdichado,
no mérito a su fama verdadera;
servir no es merecer, sino quimera
que entretiene la vida del soldado.

... *Aunque, de cualquier modo, qué voy a decir sobre eso, querido capitán, que v.m. no conozca muy cumplidamente y de sobra.*

Que Dios os guarde siempre, amigo mío.

Vuestro

Fran.^{co} de Quevedo Villegas

PS: Se os echa de menos en las gradas de San Felipe y en los estrenos de Lope. También olvidaba contaros que recibí carta de cierto mozo que tal vez recordéis, último de una infortunada familia. Por lo visto, tras aparejar a su modo negocios pendientes en Madrid, pudo pasar bajo otro nombre sin quebranto a las Indias. Imaginé que os holgaría saberlo.

Capítulo III

EL MOTÍN

Después, a toro pasado, hubo dimes y diretes sobre si aquello se veía venir; pero la verdad fija es que nadie hizo nada para remediarlo. La causa no fue el invierno, que ese año transcurrió sin mucho rigor en Flandes, pues no hubo heladas ni nieves, aunque las lluvias nos causaron penalidades agravadas por la falta de comida, el despoblamiento de las aldeas y los trabajos en torno a Breda. Pero todo eso iba de oficio, y las tropas españolas tenían hábito de ser pacientes en las fatigas de la guerra. Lo de las pagas resultó distinto: muchos veteranos habían conocido la miseria tras los licenciamientos y reformaciones de la tregua de doce años con los holandeses, y conocían en sus carnes que el servicio del rey nuestro señor era de harta exigencia a la hora de morir, pero de mal pago en la de seguir vivos. Y ya dije a este particular que no pocos soldados viejos, mutilados o con largas campañas en sus canutos de hojalata, tenían que mendigar por calles y plazas de nuestra mezquina España, donde el beneficio siempre era de los mismos; y quienes en realidad habían sostenido con su salud, sangre y vida la verdadera religión, los Estados y la hacienda de nuestro monarca, resultaban con infalible rapidez muy lindamente enterrados u olvidados. Había hambre en Europa, en España, en la milicia, y los tercios luchaban contra todo el mundo desde hacía un siglo largo, empezando a no saber exactamente para qué; si para defender las indulgencias o para que la corte de Madrid siguiera sintiéndose, entre bailes y saraos, rectora del mundo. Y ni siquiera quedaba a los soldados la consideración de ser profesionales de la guerra, pues no cobraban; y no hay como el hambre para relajar la disciplina y la conciencia. Así que el asunto de los atrasos en Flandes complicó la situación; pues si aquel invierno algunos tercios, incluidas naciones aliadas, recibieron un par de medias pagas, el de Cartagena quedóse sin ver un escudo. No se me alcanzan las razones; aunque en su momento dijeron de mal gobierno en las finanzas de nuestro maestre de campo, don Pedro de la Daga, y de algún asunto oscuro de dineros perdidos, o emboscados, o vayan vuestras mercedes a saber qué. El caso es que varios de los quince tercios de españoles, italianos, borgoñones, valones y tudescos que estrechaban el cerco a Breda bajo el directo cuidado de don Ambrosio Spínola hubieron alguna razón con que socorrerse; pero el nuestro, disperso en pequeños puestos de avanzada lejos de la ciudad, contóse entre los que quedaron ayunos de dineros del rey. Y eso fue creando mal ambiente; pues como escribió Lope en *El asalto de Mastrique:*

Mientras un hombre no muera
denle a comer y beber;
¿no hay más que andar sin comer
tras una rota bandera?
¡Por vida del rey de espadas,
que de España iba a decir,
que no la pienso seguir
sin comer, tantas jornadas!

Añádase que nuestro despliegue a orillas del canal Ooster era el más vecino a posibles ataques enemigos, pues sabíamos que Mauricio de Nassau, general de los Estados rebeldes, levantaba un ejército para venir en auxilio de Breda, en cuyo interior resistía otro Nassau, Justino, con cuarenta y siete compañías de holandeses, franceses e ingleses: naciones estas últimas que, como saben vuestras mercedes, siempre andaban de por medio cuando venía ocasión de sopar en nuestro puchero. Lo cierto es que el ejército del rey católico se hallaba muy en el filo de la espada, a doce horas de marcha de las ciudades leales más próximas, mientras que los holandeses sólo distaban tres o cuatro horas de las suyas. Así que el tercio de Cartagena tenía orden de entorpecer todo ataque que buscara dar por la espalda en nuestros cuarteles, procurando así que los camaradas atrincherados en torno a Breda se aparejaran con tiempo, sin verse forzados a retirar con vergüenza o combatir desiguales al peligro. Eso ponía a algunas escuadras dispersas a la manera de lo que en jerga militar se nombra *centinela perdida;* cuya misión era llamar al arma, pero con posibilidades de sobrevivir que se resumían muy lindamente en el nombre pesimista del menester. Habíase escogido para ello la bandera del capitán Bragado, por ser gente sufrida, muy hecha al infortunio de la guerra y capaz de pelear en un palmo de tierra incluso sin jefes ni oficiales, cuando venía mal naipe. Pero tal vez se apostó demasiado a la paciencia de algunos; aunque debo consignar, en justicia, que el maestre de campo don Pedro de la Daga, por mal nombre Jiñalasoga, fue quien precipitó el conflicto con sus agrias maneras, impropias de un coronel de tercio español y de un bien nacido.

Recuerdo bien que aquel día funesto había un poco de sol, aunque fuera holandés; y estábame yo muy a su disfrute, sentado en un poyo que había en la puerta de la casa mientras leía con mucho agrado y provecho un libro que el capitán Alatriste solía dejarme para hacer prácticas de lectura. Era una fatigada primera edición, muy llena de malos tratos y manchas de humedad, de la primera parte de *El ingenioso hidalgo don Quijote de la Mancha*, impresa en Madrid en el quinto año del siglo —sólo seis antes de que yo naciera— por Juan de la Cuesta: libro maravilloso del buen don Miguel de Cervantes, que fue ingenio profundo y desventurado compatriota; pues de haber nacido inglés, o gabacho, otro gallo habríale cantado a tan ilustre manco en vida, y no a modo de gloria póstuma; única que una nación hechura de Caín como la nuestra suele reservar, y eso en el mejor de los casos, a la gente de bien. Holgábame mucho del libro, sus lances y ocurrencias, conmovido por la sublime locura del último caballero andante y también por la conciencia —así me lo había asegurado Diego Alatriste— de que en la más alta ocasión que vieron los siglos, cuando las galeras cargadas de infantería española se enfrentaron con la temible armada turca en el golfo de Lepanto, uno de los hombres valientes que aquel día pelearon espada en mano había sido el propio don Miguel: pobre y leal soldado de su patria, de su Dios y de su rey, como también lo fueron después Diego Alatriste y mi padre, y como estaba dispuesto a serlo yo mismo.

Estaba aquella mañana, decía, leyendo al sol, y deteníame a trechos para considerar algunas de las jugosas razones en que tanto abunda el libro. También yo tenía mi Dulcinea, como tal vez recuerden vuestras mercedes; aunque mis fatigas de amor no provenían del desdén de la dueña de mi corazón, sino de su perfidia; circunstancia de la que ya di razón al narrar anteriores aventuras. Pero, aunque en aquella dulce trampa habíame visto a pique de dejar honra y vida —el recuerdo de cierto talismán maldito me quemaba la memoria—, no conseguía olvidar unos tirabuzones rubios y unos ojos azules como el cielo de Madrid, ni una sonrisa idéntica a la del diablo cuando, por intercesión de Eva, hizo que Adán hincase el diente en la famosa manzana. El objeto de mis cuidados, calculaba, debía de andar ya por los trece o catorce años; e imaginarla en la corte, entre rúas, saraos, pajes, lindos y pisaverdes, hacíame sentir por primera vez el negro acicate de los celos. Y ni siquiera mi cada vez más vigorosa mocedad, ni los azares y peligros de Flandes, ni la presencia junto al ejército de cantineras y busconas de la vida que acompañaban a los soldados, ni las propias mujeres flamencas —para quienes, a fe mía, los españoles no siempre fuimos tan enemigos ni temibles como para sus padres, hermanos y maridos—, bastábanme para olvidar a Angélica de Alquézar.

En ésas me veía cuando rumores e inquietudes vinieron a arrancarme de mi lectura. Se ordenaba muestra general del tercio, y los soldados iban de un lado para otro aviándose de armas y arreos; pues el maestre de campo en persona había convocado a la tropa en una llanura situada cerca de Oudkerk, aquel pueblo que habíamos tomado a cuchillo tiempo atrás, y que se había convertido en cuartel principal de la guarnición española al noroeste de Breda. Mi camarada Jaime Correas, que apareció por allí con la gente de la escuadra del alférez Coto, me contó, cuando nos unimos a ellos para recorrer la milla que nos separaba de Oudkerk, que la revista de tropas, ordenada de la noche a la mañana, tenía por objeto solventar cuestiones de disciplina de muy feo cariz, que habían enfrentado a soldados y oficiales el día anterior. Corríase la voz entre la tropa y los mochileros a medida que caminábamos por el dique hasta la llanura cercana; y decíase de todo, sin que bastaran a acallar a los hombres las órdenes que de vez en cuando daban los sargentos. Jaime, que andaba a mi lado cargado con dos picas cortas, un morrión de cobre de veinte libras y un mosquete de la escuadra a la que servía —yo mismo llevaba a lomos los arcabuces de Diego Alatriste y de Mendieta, una mochila de piel de ternera bien llena y varios frascos de pólvora—, me fue poniendo en antecedentes. Al parecer, ante la necesidad de fortificar Oudkerk con bastiones y trincheras, habíase pedido a los soldados ordinarios que trabajasen en ello sacando céspedes y llevando fajinas, con la promesa de dinero que remediaría la pobreza en que, como dije, todos se hallaban por falta de pagas y por la carestía de los bastimentos. Dicho de otro modo, que el sueldo que no se les abonaba según su derecho podrían alcanzarlo quienes arrimasen el hombro; pues al término de cada jornada daríaseles el estipendio concertado. Muchos del tercio aceptaron este modo de remediarse; pero algunos alzaron la voz diciendo que, si había sonante, antes estaban sus atrasos que las fortificaciones, y que nada debían trabajar para obtener lo que ya se les adeudaba en justicia. Y que antes querían sufrir necesidad que socorrerla de ese modo, donde tan vilmente peleaba el hambre con el honor; y que más valía a un hidalgo, pues todo soldado se apellidaba de tal, morir de miseria y conservar la reputación que deber la vida al uso de palas y azadones. Con todo lo cual se habían arremolinado grupos de hombres y trabado de palabras unos con otros, y un sargento de cierta compañía maltrató de obra a un arcabucero de la bandera del capitán Torralba; y éste y un camarada, poco sufridos, pese a reconocerlo sargento por la alabarda, habían metido mano y dádole una bellaca cuchillada, no enviándolo a Dios de milagro. Así que se esperaba escarmiento público para los culpables, y el señor maestre de campo quería que todo el tercio, salvo los centinelas imprescindibles, asistiera al evento.

Con estos y parecidos diálogos hacíamos camino los mochileros con la tropa, e incluso en la escuadra de Diego Alatriste escuchaba yo razones contrapuestas sobre el asunto; mostrándose el más exaltado Curro Garrote y el más indiferente, como de costumbre, Sebastián Copons. De vez en cuando le dirigía yo inquietas ojeadas a mi amo, por ver si podía penetrar su opinión; pero él caminaba callado y como si nada oyera, con la espada y la daga atravesada atrás de la cintura, cabe el faldón del herreruelo, balanceándose al ritmo de sus pasos; seco el verbo cuando alguien le dirigía la palabra, y muy taciturno el rostro bajo las anchas alas del sombrero.

—Ahorcadlos —dijo don Pedro de la Daga.

En el silencio mortal de la explanada, la voz del maestre de campo sonó breve y dura. Formados por compañías en un gran rectángulo de tres lados, con cada bandera en el centro, alrededor los coseletes con sus picas y en los ángulos mangas de arcabuceros, los mil doscientos soldados del tercio estaban tan mudos y quietos que hubiera podido oírse volar un moscardón entre las filas. En otras circunstancias sería alarde hermoso de ver, con todos aquellos hombres en sus hiladas, no bien vestidos, es cierto, con ropas llenas de remiendos que a veces eran harapos, y aún peor calzados; pero cuyos arneses engrasados estaban impecables y a punto de ordenanza, y petos, morriones, moharras de picas, caños de arcabuz y todo tipo de armas relucían en la explanada bien limpios y pulidos a conciencia: *mucrone corusco*, que habría dicho sin duda el capellán del tercio, padre Salanueva, de haber estado sobrio. Todos llevaban sus descoloridas bandas rojas, o bien, cosida como yo en el jubón o el coleto, el aspa bermeja de San Andrés, también conocida por cruz de Borgoña: señales ambas que, como dije, permitían a los españoles reconocerse en el combate. Y en el cuarto lado de aquel rectángulo, junto a la bandera principal del tercio, rodeado de la plana mayor y los seis alabarderos tudescos de su guardia personal, don Pedro de la Daga se tenía a caballo, con la orgullosa cabeza descubierta y un cuello valón de encaje sobre la coraza repujada, con escarcelas, de buen acero milanés; espada damasquinada al cinto, enguantado de ante, la diestra en la cadera y la rienda en la zurda.

—De un árbol seco —añadió.

Luego hizo caracolear su montura con un tirón de las riendas, para dar cara a las doce compañías del tercio; como si desafiara a discutir la orden, que añadía a la muerte el deshonor de la soga y que ni siquiera ramas verdes acompañaran a los sentenciados. Yo estaba con los otros mochileros muy arrimado a la formación, manteniéndonos a distancia de las mujeres, curiosos y chusma que observaba el espectáculo de lejos. Hallábame a pocos pasos de la escuadra de Diego Alatriste, y vi cómo algunos soldados de las últimas filas, Garrote entre ellos, murmuraban muy por lo bajo al oír tales palabras. En cuanto a Alatriste, seguía sin dar señal alguna, y su mirada permanecía fija en el maestre de campo.

Don Pedro de la Daga debía de rondar los cincuenta años. Era un vallisoletano menudo de cuerpo, de ojos vivos y genio pronto, largo de experiencia militar y poco estimado por la tropa —decíase que su mal talante provenía de ser de humores escépticos, o sea, de naturaleza estreñida—. Favorecido de nuestro general Spínola, con buenos valedores en Madrid, se había hecho una reputación como sargento mayor en la campaña del Palatinado, recibiendo el tercio de Cartagena después que a don Enrique Monzón una bala de falconete le llevara una pierna en Fleurus. Lo de *Jiñalasoga* no venía por humo de pajas: nuestro maestre era de los que preferían, como Tiberio, ser odiados y temidos por sus hombres para imponer de ese modo la disciplina, abonándolo el hecho indiscutible de que era valiente en la pelea, despreciaba tanto el peligro como a sus propios soldados —ya dije que se escoltaba de alabarderos tudescos—, y tenía buena cabeza para disponer los asuntos de la guerra. Resultaba, en fin, avaro con el dinero, mezquino en sus favores y cruel en los castigos.

Al escuchar la sentencia, los dos reos no se inmutaron mucho; entre otras cosas porque conocían el desenlace del negocio, y ni a ellos mismos escapaba que acuchillar a un sargento era sota de bastos fija. Estaban en el centro del rectángulo, custodiados por el barrachel del tercio, y ambos tenían la cabeza descubierta y las manos atadas a la espalda. Uno era soldado viejo con cicatrices, el pelo cano y un bigotazo enorme; también era el que había metido mano primero, y parecía el más sereno de los dos. El otro se veía flaco, de barba muy cerrada, algo más joven; y mientras el de más edad miraba todo el tiempo arriba, como si nada de aquello fuese con él, el flaco hacía más visajes de abatimiento, vuelto ora al suelo, ora a sus camaradas, ora a los cascos del caballo del maestre de campo que estaba a poca distancia. Pero en general se tenía bien, como el otro.

Al gesto del barrachel sonó el tambor mayor, y el corneta de don Pedro de la Daga dio un par de clarinazos para zanjar el asunto.

—¿Tienen los sentenciados algo que decir?

Un movimiento de expectación recorrió las compañías, y los bosques de picas parecieron inclinarse hacia adelante igual que el viento inclina espigas, cuando quienes las sostenían se esforzaron en tender la oreja. Entonces todos vimos cómo el barrachel, que se había acercado a los reos, ladeaba la cabeza escuchando algo que decía el de más edad, y luego miraba al maestre de campo, que asintió con un gesto; no por benevolencia, sino porque era protocolo al uso. Entonces, cuantos estábamos en la explanada pudimos oír al del pelo cano decir que él era soldado viejo y, como el otro camarada, cumplidor de su obligación hasta el presente día. Que morir iba de oficio; pero que hacerlo por enfermedad de soga, estuviese la rama verde, o seca, o demonios lo que le importaba, pardiez, era afrenta impropia en hombres que, como ellos, siempre se habían vestido por los pies. Así que, puestos a verse despachados, él y su camarada pedían serlo por bala de arcabuz, como españoles y hombres de hígados, y no colgados como campesinos. Y que si de ahorrar y hacer economías trataba a fin de cuentas la querella, ahorrárase también el señor maestre de campo las balas para arcabucearlos, que él mismo ofrecía las suyas propias, fundidas con buen plomo de Escombreras, y de las que sobrada provisión guardaba con su frasco de pólvora; que allí adonde lo enviaban, maldito para lo que le servirían una y otras. Mas quedara bien sentado que de cualquier manera, cuerda o arcabuz o cantándoles coplas, a su camarada y a él los aviaban sin pagarles medio año de atrasos.

Dicho lo cual, el veterano se encogió de hombros, el aire resignado, y escupió estoicamente y recto al suelo, entre sus botas. Y su compañero escupió también, y ya no hubo más palabras. Siguió un largo silencio; y luego, desde lo alto de su caballo, don Pedro de la Daga, siempre con el puño en la cadera y sin dársele un ardite las razones expuestas, dijo inflexible: «Ahórquenlos». Entonces se alzó un clamor entre las banderas que sobresaltó a los oficiales, y las filas empezaron a agitarse, y algunos soldados hasta salían de sus hileras y alzaban la voz, sin que las órdenes de los sargentos y capitanes bastaran a poner coto al tumulto. Y yo, que miraba admirado todo ese desorden, volvíme al capitán Alatriste, por ver qué partido tomaba. Y hallé que movía la cabeza muy lentamente, como si ya hubiera vivido otras veces todo aquello.

Los motines de Flandes, hijos de la indisciplina originada por el mal gobierno, fueron la enfermedad que minó el prestigio de la monarquía española; cuyo declive en las provincias rebeldes, e incluso en las que se mantuvieron fieles, debió más agravios a las tropas amotinadas que a los propios sucesos de la guerra. Ya en mi tiempo ésa era la única forma de cobrar las pagas; con el agravante de que un soldado español allá arriba no podía desertar y exponerse a una población hostil de la que tenía tanto que precaverse como del enemigo. Así que los amotinados tomaban una ciudad atrincherándose en ella, y algunos de los peores saqueos realizados en Flandes lo fueron por tropas que buscaban satisfacción de los sueldos pendientes. De cualquier modo, justicia es apuntar que no fuimos los únicos; porque si los españoles, tan sufridos como crueles, nos condujimos a sangre y fuego, otro tanto hicieron las tropas valonas, italianas o tudescas, que además llegaron al colmo de la infamia vendiendo al enemigo los fuertes de San Andrés y Crevecoeur, cosa que los españoles no hicieron nunca; no ciertamente por falta de ganas, sino por reputación y por vergüenza. Que una cosa es el degüello y el saqueo por no cobrar, y otra —no digo mejor o peor, pardiez, sino otra— la bajeza y la felonía en puntos de honra. Y sobre este particular aún hubo sucesos como el de Cambrai, donde las cosas iban tan mal que el conde de Fuentes pidió con buenas palabras a las señoras tropas amotinadas en Tierlemont *«que le hicieran el obsequio de ayudarle»* a tomar la ciudadela; y aquella hueste, de pronto otra vez disciplinada y temible, atacó en perfecto orden y ganó la ciudadela y la plaza. O cuando las tropas amotinadas soportaron lo peor de la pelea en las dunas de Nieuport, donde pidieron el puesto de más peligro porque una mujer, la infanta Clara-Eugenia, había rogado que la socorriesen. Y también es fuerza mencionar a los amotinados de Alost, que se negaron a aceptar las condiciones ofrecidas en persona por el conde de Mansfeld y dejaban pasar sin estorbo regimientos y más regimientos holandeses que estaban a pique de causar espantoso desastre en los Estados del rey. Esas mismas tropas, que al recibir por fin las pagas y ver que no venían enteras rechazaron tomar un solo maravedí, negándose a pelear aunque se hundieran Flandes y la Europa misma, cuando conocieron que en Amberes seis mil holandeses y catorce mil vecinos estaban a punto de exterminar a los ciento treinta españoles que defendían el castillo, se pusieron en marcha a las tres de la madrugada, cruzaron a nado y en barcas el Escalda, y calándose ramos verdes como anticipada señal de victoria en sombreros y morriones, juraron comer con Cristo en el Paraíso o cenar en Amberes. Al cabo, puestos de rodillas en la contraescarpa, su alférez Juan de Navarrete tremoló la bandera, apellidaron todos a Santiago y a España, se alzaron a una, y acometiendo las trincheras holandesas, rompieron, acuchillaron, degollaron cuanto se les puso por delante, y cumplieron su palabra: Juan de Navarrete y otros catorce comieron, en efecto, con Cristo o con quien coman los valientes que mueren de pie, y el resto de sus camaradas cenó aquella noche en Amberes. Que si es mucha verdad que nuestra pobre España no tuvo nunca ni justicia, ni buen gobierno, ni hombres públicos honestos, ni apenas reyes dignos de llevar corona, nunca le faltaron, vive Dios, buenos vasallos dispuestos a olvidar el abandono, la miseria y la injusticia, para apretar los dientes, desenvainar un acero y pelear, qué remedio, por la honra de su nación. Que a fin de cuentas, no es sino la suma de las menudas honras de cada cual.

Pero volvamos a Oudkerk. Aquél fue el primero de los muchos motines que también yo conocería más tarde, en los veinte años de aventuras y vida militar que habrían de llevarme hasta el último cuadro de la infantería española en Rocroi, el día que el sol de España se puso en Flandes. En el tiempo que narro, este tipo de alboroto habíase convertido ya en institución ordinaria de nuestras tropas; y su proceso, viejo de cuando el gran emperador Carlos, se llevó a cabo con arreglo a ritual conocido y preciso. Dentro de algunas compañías, los más exaltados empezaron a gritar «pagas, pagas», y otros «motín, motín», entrando en alboroto, la primera, la del capitán Torralba, a la que pertenecían los dos condenados a muerte. Lo cierto es que, al no haber antes carteles ni conspiración, todo vino a hilarse espontáneo, con opiniones contrapuestas: algunos eran partidarios de conservar la disciplina, mientras otros se afirmaban en abierta rebeldía. Pero lo que agravó el negocio fue el talante de nuestro maestre de campo. Otro más flexible habría puesto velas a Dios y al diablo, obsequiando a los soldados con palabras que quisieran oír; pues nunca, que yo sepa, hubo verbos que al más avaro le dolieran en la bolsa. Me refiero a algo del tipo señores soldados, hijos míos, etcétera; argumentos que tan buena tajada dieron al duque de Alba, a don Luis de Requesens y a Alejandro Farnesio, que en el fondo eran tan inflexibles y despreciaban tanto a la tropa como el propio don Pedro de la Daga. Pero Jiñalasoga era fiel a su apodo, y además se le daban públicamente un ardite sus señores soldados. Así que ordenó al barrachel y a la escolta de tudescos que llevaran a los dos reos al primer árbol que hubiese a mano, seco o verde ya daba lo mismo; y a su compañía de confianza, ciento y pico arcabuceros de los que el maestre de campo era capitán efectivo, que se viniera al centro del rectángulo con las cuerdas de mecha encendidas y bala en caño. La compañía, que tampoco estaba pagada pero gozaba de ventajas y privilegios, obedeció sin rechistar; y aquello calentó más los ánimos.

En realidad sólo la cuarta parte de los soldados quería el motín; pero los revoltosos hallábanse muy repartidos por las banderas y llamaban a la sedición, y muchos hombres se veían indecisos. En la nuestra era Curro Garrote quien más alentaba el desorden, hallando coro en no pocos camaradas. Eso hizo que, pese a los esfuerzos del capitán Bragado, amenazasen con romper casi toda la formación, como ocurría ya en parte de las otras compañías. Corrimos los mochileros a las nuestras, resueltos a no perdernos aquello, y Jaime Correas y yo mismo nos abrimos paso entre los soldados que vociferaban en todas las lenguas de las Españas, algunos con el acero desnudo en la mano; y como de costumbre, según esas mismas lenguas y sus tierras de origen, tomaban partido unos contra otros, valencianos a una parte y andaluces de la otra, leoneses frente a castellanos y gallegos, catalanes, vascongados y aragoneses cerrando para sí mismos y por su cuenta, y los portugueses, que alguno teníamos, viéndolas venir agrupados y en rancho aparte. De modo que no había dos reinos o regiones de acuerdo; y mirando hacia atrás, uno no lograba explicarse lo de la Reconquista salvo por el hecho de que los moros también eran españoles. En cuanto al capitán Bragado, tenía en una mano una pistola y en la otra la daga, y con el alférez Coto y el sotalférez Minaya, que llevaba el asta de la bandera, intentaban calmar a la gente sin lograrlo. Empezaron a pasar entonces de compañía en compañía los gritos de «guzmanes fuera», voz muy significativa del curioso fenómeno que siempre se dio en estos desórdenes: los soldados ostentaban muy a gala su condición de tales, decíanse todos hijosdalgos, y siempre querían dejar claro que el motín iba contra sus jefes, no contra la autoridad del rey católico. Así que, para evitar que esa autoridad quedara en entredicho y el tercio deshonrado por el suceso, se permitía de mutuo acuerdo entre la tropa y los oficiales que estos últimos saliesen de filas con las banderas y con los soldados particulares que no querían desobedecer. De ese modo, oficiales y enseñas quedaban sin menoscabo de honra, el tercio conservaba su reputación, y los amotinados podían retornar después disciplinadamente bajo una autoridad de la que, en lo formal, nunca habían renegado. Nadie quería repetir lo del tercio viejo de Leiva, que tras un motín fue disuelto en Tilte, y los alféreces rompían entre lágrimas las astas y las banderas quemándolas por no entregarlas, y los soldados veteranos desnudaban los pechos acribillados de cicatrices, y los capitanes arrojaban a tierra quebradas las jinetas, y todos aquellos hombres rudos y temibles lloraban de deshonra y de vergüenza.

De modo que retiróse de las filas muy a su pesar el capitán Bragado, llevándose la bandera con Soto, Minaya y los sargentos, y lo siguieron algunos cabos y soldados. Mi amigo Jaime Correas, encantado con el zafarrancho, andaba de un lado para otro e incluso llegó a vocear lo de afuera guzmanes. Yo veíame fascinado por la algarada y en algún momento grité con él, aunque se me retiró la voz cuando vi que de veras los oficiales dejaban la compañía. En cuanto a Diego Alatriste, diré que estaba muy cerca de mí con sus camaradas de escuadra; y tenía grave semblante, con ambas manos descansadas en la boca del arcabuz cuyo mocho se apoyaba en el suelo. En su grupo nadie cambiaba palabra ni se descomponía lo más mínimo; excepción hecha de Garrote, que ya había formado concierto con otros soldados y llevaba la voz cantante. Por fin, cuando Bragado y los oficiales salieron, mi amo volvióse a Mendieta, Rivas y Llop, que se encogieron de hombros, sumándose al grupo de amotinados sin más ceremonia. Por su parte, Copons echó a andar tras la bandera y los oficiales, sin encomendarse a nadie. Alatriste emitió un suave suspiro, se echó al hombro el arcabuz e hizo ademán de ir detrás. Fue entonces cuando reparó en que yo me hallaba cerca, encantado de estar allí adentro y sin la menor intención de moverme; de modo que me dio un pescozón bien recio en el cogote, forzándome a seguirlo.

—Tu rey es tu rey —dijo.

Luego caminó sin prisa, yéndose por entre los soldados que le abrían plaza y de los que nadie, viéndolo retirarse, osaba hacerle reproches. Así fue a situarse conmigo en la explanada, cerca del grupo de diez o doce hombres formado por Bragado y los leales; aunque lo mismo que Copons, quien se estaba allí quieto y callado como si nada fuera con él, procuró mantenerse un poco aparte, casi a medio camino entre ellos y la compañía. Y así apoyó de nuevo el arcabuz en el suelo, puso las manos sobre la boca del caño, y con la sombra del chapeo en los ojos glaucos se estuvo muy quieto, mirando lo que pasaba.

Jiñalasoga no daba su brazo a torcer. A los dos reos los estaban colgando los tudescos entre gran alboroto de la tropa, de la que otras banderas y oficiales habían salido también afuera. Pude contar cuatro compañías amotinadas de las doce que formaban el tercio, y los revoltosos empezaban a juntarse unos con otros, con gritos y amenazas. Oyóse un tiro, que no sé quién disparó, y que no dio a nadie. Entonces el maestre de campo ordenó a su bandera calar arcabuces y mosquetes en dirección a los amotinados, y a las otras leales maniobrar para situarse también frente a ellos. Hubo órdenes, redobles de cajas, clarinazos, y el propio don Pedro de la Daga hízose un par de gallardas cabalgadas de un lado a otro del campo, poniendo las cosas en su sitio; y he de reconocer que con muchas asaduras, pues cualquiera de los descontentos podía haberle enviado lindamente una rociada de arcabuz que lo dejase listo de papeles sobre la silla. Pero no siempre el valor y la hideputez andan reñidos. El caso es que a trancas y barrancas, las más de las veces con manifiesta desgana, las compañías leales vinieron a situarse en línea frente a los amotinados. Hubo entonces más redobles y toques de corneta, ordenando a los oficiales y soldados fieles unirse a las compañías escuadronadas; y allá se fueron Bragado y los otros. Copons estaba junto a Diego Alatriste y yo mismo, como dije algo separados del resto; y al oír la orden y comprobar que el tercio se situaba frente a los rebeldes armas en mano y humeando las cuerdas de mecha, los dos veteranos dejaron sus arcabuces en el suelo, se despojaron de los doce apóstoles —el correaje con doce cargas de pólvora que llevaban en una pretina cruzada al pecho— y de ese modo echaron a andar detrás de su bandera.

Yo nunca había visto nada semejante. Al escuadronarse en batalla los leales del tercio, las cuatro compañías amotinadas terminaron juntándose a su vez; y también ellas adoptaron la formación de combate, piqueros en el centro y mangas de arcabuces a los ángulos, viéndose reordenar sus filas, en ausencia de oficiales, a cabos de escuadra e incluso a simples soldados. Con instinto natural de veteranos, los amotinados conocían de sobra que el desorden era su pérdida, y que, paradojas de la milicia, sólo la disciplina podía salvarlos de su indisciplina. Así que sin disminuirse un punto ejecutaron sus maniobras al uso que solían, hilándose muy uno por uno en sus puestos de combate; y pronto llegó hasta nosotros el olor de sus cuerdas de arcabuz encendidas, y las horquillas de mosquetes empezaron a afirmarse en tierra con las armas listas para hacer fuego.

Pero el maestre de campo quería sangre u obediencia. Los dos sentenciados ya colgaban de un árbol; así que, resuelto el negocio, la escolta de tudescos —grandes, rubios e insensibles como trozos de carne— rodeaba de nuevo alabardas en alto a don Pedro de la Daga. Dio nuevas órdenes éste, volvieron a sonar cajas, corneta y pífanos, y siempre con su maldito puño derecho en la cadera, Jiñalasoga vio cómo las compañías leales se ponían en marcha avanzando contra los amotinados.

—¡Tercio de Cartagena!… ¡Aaaal…to!

De pronto quedó todo en silencio. Compañías leales y rebeldes estaban en filas cerradas a unas treinta varas de distancia unas de otras, todas con las picas dispuestas y los arcabuces bala en caño. Las banderas salidas de las filas habíanse juntado en el centro de la formación, con los soldados fieles escoltándolas. Yo estaba entre ellos, pues me quise meter en la línea junto a mi amo; que ocupaba su puesto con la docena de hombres de la compañía que no estaban del otro lado, entre el sotalférez Minaya y Sebastián Copons. Sin arcabuz, con la espada en la vaina y los pulgares colgados del cinto, Diego Alatriste parecía hallarse allí sólo de visita, y nada en su actitud indicaba que estuviese dispuesto a acometer a sus antiguos compañeros.

—¡Tercio de Cartagena!… ¡Alistaaaar… arcabuces!

Recorrió las filas el sonido metálico de los arcabuceros al preparar sus armas poniendo pólvora en la cazoleta y la cuerda encendida en la llave. Entre el humo grisáceo que despedían las mechas, veía yo desde mi lugar los rostros que teníamos enfrente: curtidos, barbudos, con cicatrices, ceños resueltos bajo las rotas alas de los sombreros y los morriones. Al movimiento de nuestros arcabuces algunos hicieron lo mismo, y muchos coseletes de las primeras filas calaron sus picas. Pero oyéronse entre ellos gritos y protestas —«señores, señores, razón», se voceaba— y casi todos los arcabuces y picas rebeldes se alzaron de nuevo, dando a entender que no era su intención batir a compañeros. A este lado, todos nos volvimos a mirar al maestre de campo cuando su voz resonó en la explanada:

—¡Sargento mayor!… ¡Devuelva a esos hombres a la obediencia del rey!

El sargento mayor Idiáquez se adelantó bastón en mano e intimó a los rebeldes a deponer su actitud de inmediato. Era mero formulismo, e Idiáquez, un veterano que habíase amotinado él mismo no pocas veces en otros tiempos —sobre todo en el año 98 del siglo viejo, cuando la falta de pagas y la indisciplina nos hicieron perder media Flandes—, intervino breve y seco, volviéndose a nuestras filas sin esperar respuesta. Por su parte, ninguno de los que teníamos enfrente pareció dar más importancia al trámite que el propio sargento mayor, y sólo se escucharon gritos aislados de «las pagas, las pagas». Tras lo cual, siempre muy erguido sobre la silla de montar e implacable bajo su coraza repujada, don Pedro de la Daga alzó una mano guarnecida de ante.

—¡Calaaaad… arcabuces!

Los arcabuceros encararon sus armas, el dedo en el gatillo de la llave de mecha, y soplaron las cuerdas encendidas. Los mosquetes, más pesados, apoyábanse en las horquillas apuntando a los de enfrente, que empezaban a agitarse en sus filas; inquietos, pero sin resolverse en actitud hostil.

—¡Orden de fuego!… ¡A mi voz!

Aquello resonó bien claro en la explanada, y aunque algunos hombres de las hiladas rebeldes retrocedieron, debo decir que casi todos permanecieron impertérritos en sus puestos, pese a las bocas amenazantes de los arcabuces leales. Yo miré a Diego Alatriste y vi que, como la mayor parte de los soldados, incluso quienes sostenían las armas y quienes enfrente aguardaban a pie firme la escopetada, miraba al sargento mayor Idiáquez; y los capitanes y sargentos de compañías también lo miraban, y éste miraba a su vez a usía el señor maestre de campo. Que no miraba a nadie, como si estuviera en un ejercicio que lo fastidiara mucho. Y ya alzaba la mano Jiñalasoga cuando todos vimos —o creímos ver, que es más propio— cómo Idiáquez hacía un levísimo ademán negativo con la cabeza: apenas un movimiento que ni siquiera podía considerarse como tal; un gesto inexistente, digo, y por tanto no reñido con la disciplina, de modo que más tarde, cuando se indagaron responsables, nadie pudo jurar haberlo visto.

Y con ese gesto, justo en el instante en que don Pedro de la Daga daba la voz de fuego, las ocho compañías leales abatieron sus picas, y los arcabuceros, como un solo hombre, dejaron sus armas en el suelo.

Capítulo IV

DOS VETERANOS

Fueron menester tres días de negociación, la mitad de las pagas atrasadas y la presencia de nuestro general don Ambrosio Spínola en persona para que los amotinados de Oudkerk volviéramos a la obediencia. Tres días en que la disciplina del tercio viejo de Cartagena se mantuvo más a rajatabla que nunca, con los oficiales y banderas de todas las compañías recogidos en el pueblo y el tercio acampado extramuros; pues ya dije que nunca fueron más disciplinados los tercios que cuando se amotinaban. En esta ocasión incluso se reforzaron los puestos de centinela avanzados, para prevenir que los holandeses aprovechasen las circunstancias para venir sobre nosotros como gorrino al maíz. En cuanto a los soldados, un servicio de orden establecido por los representantes electos funcionó muy eficaz y sin miramientos, llegando al extremo de ajusticiar, esta vez sin que nadie protestara lo más mínimo, a cinco maltrapillos que quisieron saquear por su cuenta en el pueblo. Denunciados por los vecinos, un juicio sumarísimo de sus propios compañeros los hizo arcabucear junto a la tapia del cementerio, y allí hubo paz y después gloria. En realidad los sentenciados eran en principio sólo cuatro; pero diose la circunstancia de que a otros dos reos de delitos menores se los sentenció a cortárseles las orejas, y uno de ellos protestó con muchos porvidas y votos a tal, diciendo que un hidalgo y cristiano viejo como él, biznieto de Mendozas y de Guzmanes, antes prefería verse muerto que sufrir tal afrenta. De modo que el tribunal, que a diferencia de nuestro maestre de campo y al estar formado por soldados y camaradas era comprensivo en lo tocante a puntos de honra, decidió hacer merced de la oreja, cambiándosela al fulano por una bala de arcabuz; sin que le valiera al reo un último desdigo que le sobrevino —sin duda era hidalgo voluble— cuando se halló, con sus dos orejas intactas, ante la tapia del cementerio.

Fue aquélla la primera vez que vi a don Ambrosio Spínola y Grimaldi, marqués de los Balbases, grande de España, capitán general del ejército de Flandes, y cuya imagen, armadura pavonada en negro claveteado de oro, bengala de general en la mano zurda, valona de puntas flamencas, banda roja y botas de ante, evitando cortésmente que ante él se incline el holandés vencido, habría de quedar para siempre en la Historia merced a los pinceles de Diego Velázquez; en el cuadro famoso del que hablaré en su momento, pues no en balde fui quien proporcionó al pintor, años más tarde, cuantos pormenores hubo menester. El caso es que cuando lo de Oudkerk y lo de Breda tenía nuestro general cincuenta y cinco o cincuenta y seis años, y era delgado de cuerpo y de rostro, pálido y con barba y pelo gris. A su carácter astuto y firme no resultaba ajena la patria genovesa, que había dejado para servir por afición a nuestros reyes. Soldado paciente y afortunado, no tenía el carisma del hombre de hierro que fue el duque de Alba, ni las mañas de otros de sus antecesores; y sus enemigos en la corte, que aumentaban con cada uno de sus éxitos —no podía ser de otro modo entre españoles—, lo acusaban a la vez de extranjero y ambicioso. Pero lo cierto es que había conseguido los más grandes triunfos militares para España en el Palatinado y en Flandes, puesto al servicio de aquélla su fortuna personal, hipotecado los bienes de su familia para pagar a las tropas, e incluso perdido a su hermano Federico en un combate naval con los rebeldes holandeses. En la época su prestigio militar era inmenso; hasta el punto de que cuando preguntaron a Mauricio de Nassau, general en jefe enemigo, quién era el mejor soldado de la época, respondió: «Spínola es el segundo». Nuestro don Ambrosio era, además, hombre de hígados; y ello le había granjeado reputación entre la tropa, ya en las campañas anteriores a la tregua de los Doce Años. Diego Alatriste podía dar fe con sus propios recuerdos de cuando el socorro a la Esclusa y el asedio de Ostende: viéndose en este último tan arrimado al peligro el marqués en medio de la refriega, que los soldados, y el propio Alatriste entre ellos, abatieron picas y arcabuces, negándose a combatir hasta que su general no se pusiera a recaudo.

El día que don Ambrosio Spínola en persona liquidó el motín, muchos lo vimos salir de la tienda de campaña donde se habían llevado a cabo las negociaciones. Lo seguía su plana mayor y nuestro cabizbajo maestre de campo; mordiéndose éste las guías del mostacho, de furia, al no haber conseguido su propósito de ahorcar a uno de cada diez amotinados como escarmiento. Pero don Ambrosio, con su mano izquierda y su buen talante, había declarado resuelto el negocio. En ese momento, restablecida la disciplina formal del tercio, los oficiales y las banderas se reintegraban a sus compañías; y ante las mesas de los contadores —el dinero salía de las arcas personales de nuestro general— empezaban a formarse ávidas filas de soldados, mientras alrededor del campamento, cantineras, prostitutas, mercaderes, vivanderos y otra gentuza parásita, se prevenía a recibir su parte de aquel torrente de oro.

Diego Alatriste estaba entre los que se movían alrededor de la tienda. Por eso, cuando don Ambrosio Spínola abandonó ésta, deteniéndose un instante para acostumbrar los ojos a la luz, el toque de corneta hizo que Alatriste y sus compañeros se acercaran a mirar de cerca al general. Por hábito de veteranos, la mayor parte había cepillado sus ropas remendadas, las armas estaban bruñidas, y hasta los sombreros lucían airosos pese a zurcidos y agujeros; pues los soldados que tenían a gala su condición celaban en demostrar que un motín no era menoscabo de gallardía en la milicia; de modo que dábase la paradoja de que pocas veces lucieron los del tercio de Cartagena como a la vista de su general al concluir lo de Oudkerk. Así pareció apreciarlo Spínola cuando, con el Toisón de Oro reluciéndole en la gorguera, escoltado por sus arcabuceros selectos y seguido de plana mayor, maestre de campo, sargento mayor y capitanes, fue a pasear muy despaciosamente entre los numerosos grupos que le abrían calle y vitoreaban con entusiasmo por ser quien era, y sobre todo porque había ido a pagarles. También lo hacían para marcarle diferencias a don Pedro de la Daga, que caminaba tras su capitán general rumiando el despecho de no tener con qué cebar la soga, y también la filípica que, según contaban los avisados, habíale espetado don Ambrosio muy en privado y al detalle, amenazándolo con retirarle el mando si no cuidaba de sus soldados como de las niñas de sus ojos. Esto es lo que se decía, aunque dudo que lo de las niñas fuera verdad; pues resulta sabido que, simpáticos o tiranos, estúpidos o astutos, todos los generales y maestres de campo fueron siempre perros de la misma camada, a quienes sus soldados diéronseles un ardite, sólo buenos para abonar con sangre toisones y laureles. Pero aquel día los españoles, alegres por el buen término de su asonada, estaban dispuestos a aceptar cualquier rumor y cualquier cosa. Sonreía paternal don Ambrosio a diestro y siniestro, decía «señores soldados» e «hijos míos», saludaba gentil de vez en cuando con la bengala de tres palmos, y a veces, al reconocer el rostro de un oficial o un soldado viejo, le dedicaba unas corteses palabras. Hacía, en suma, su oficio. Y vive Dios que lo hacía bien.

Cruzóse entonces con el capitán Alatriste, que entre sus camaradas se tenía aparte, viéndolo pasar. Cierto es que el grupo daba motivos para admirarlo, pues ya dije que la escuadra de mi amo era casi toda de soldados viejos, con mucho mostacho y cicatriz en la piel hecha a la intemperie como cuero de Córdoba; y por su aspecto, en especial cuando estaban como aquel día con todos los arreos, doce apóstoles en bandolera, espada y daga y arcabuz o mosquete en mano, nadie habría dudado que no existía holandés, ni turco, ni criatura del infierno que se les resistiera metidos en faena y con los tambores redoblando a degüello. El caso es que observó don Ambrosio al grupo, admirando su aspecto, e iba a sonreírles y seguir camino cuando reconoció a mi amo, refrenó el paso un momento, y le dijo, en su suave español rico en resonancias italianas:

—Pardiez, capitán Alatriste, ¿sois vos?… Creí que os habíais quedado para siempre en Fleurus.

Se destocó Alatriste, quedando con el chapeo en la mano zurda y la muñeca de la diestra descansando sobre la boca del arcabuz.

—Cerca estuve —respondió mesurado—; como me hace el honor de recordar vuecelencia. Pero no era mi hora.

El general observó con atención las cicatrices en el rostro curtido del veterano. Le había dirigido la palabra por vez primera veinte años atrás, durante el intento de socorro de la Esclusa; cuando, sorprendido por una carga de caballería, don Ambrosio túvose que refugiar en un cuadro formado por este y otros soldados. Junto a ellos, olvidado de su rango, el ilustre genovés había tenido que pelear pie a tierra por su vida, a cuchilladas y escopetazos, durante una larga jornada. Ni él había olvidado aquello, ni Alatriste tampoco.

—Ya veo —dijo Spínola—. Y eso que, en los setos de Fleurus, don Gonzalo de Córdoba me contó que peleasteis como buenos.

—Dijo verdad don Gonzalo en lo de buenos. Casi todos los camaradas quedaron allí.

Spínola se rascó la perilla, como si acabase de recordar algo.

—¿No os hice entonces sargento?

Alatriste negó despacio con la cabeza.

—No, excelencia. Lo de sargento fue en el año dieciocho, porque vuecelencia me recordaba de La Esclusa.

—¿Y cómo sois otra vez soldado?

—Perdí mi plaza un año después, por un duelo.

—¿Cosa grave?

—Un alférez.

—¿Muerto?

—Del todo.

Consideró la respuesta el general, cambiando luego una mirada con los oficiales que lo rodeaban. Fruncía ahora el ceño, e hizo ademán de seguir camino.

—Vive Dios —dijo— que me sorprende no os ahorcaran.

—Fue cuando el motín de Mastrique, excelencia.

Alatriste había hablado sin inmutarse. El general se demoró un instante, haciendo memoria.

—Ah, ya me acuerdo —las arrugas se habían borrado de su frente y sonreía de nuevo—. Los tudescos y el maestre de campo al que salvasteis la vida... ¿No os concedí una ventaja de ocho escudos por aquello?

Volvió a negar con la cabeza Alatriste.

—Eso fue por lo de la Montaña Blanca, excelencia. Cuando con el señor capitán Bragado, que está ahí mismo, subimos tras el señor de Bucquoy hasta los fortines de arriba... En cuanto a los escudos, me los rebajaron a cuatro.

Lo de los escudos resbaló por la sonrisa de don Ambrosio como el que oye llover. Miraba alrededor, el aire distraído.

—Bien —zanjó—. De cualquier modo, celebro veros de nuevo... ¿Puedo hacer algo por vos?

Alatriste sonreía sin gesto alguno: apenas un reflejo de luz entre las arrugas que le cercaban los ojos.

—No creo, excelencia. Hoy cobro seis medias pagas atrasadas, y no puedo quejarme.

—Me alegro. Y me place este encuentro de antiguos veteranos, ¿no os parece?... —había alargado una mano amistosa, como si fuese a palmear suavemente el hombro del capitán, pero la mirada de éste, fija y burlona, pareció disuadirlo—. Me refiero a vos, y a mí.

—Naturalmente, excelencia.

—Soldado y, ejem, soldado.

—Claro.

Don Ambrosio carraspeó de nuevo, sonrió por última vez y miró hacia los siguientes grupos. Su tono ya era ausente.

—Buena suerte, capitán Alatriste.

—Buena suerte, excelencia.

Y siguió camino el marqués de los Balbases, capitán general de Flandes. Camino de la gloria y la posteridad que le iba a deparar, aunque él no lo sabía y a nosotros nos quedaba por hacer el trabajo duro, el magno lienzo de Diego Velázquez; pero también —los españoles siempre pusimos una cruz tras la cara de las monedas— camino de la calumnia y la injusticia de una patria adoptiva a la que tan generosamente servía. Porque mientras Spínola cosechaba victorias para un rey ingrato como todos los reyes que en el mundo han sido, otros segaban la hierba bajo sus pies en la corte, bien lejos de los campos de batalla, desacreditándolo ante aquel monarca de gesto lánguido y alma pálida que, bondadoso de talante y débil de carácter, anduvo siempre lejos de donde podían recibirse honradas heridas, y en vez de aderezarse con arreos de guerra hacíalo para los bailes de palacio, e incluso para las danzas villanas que en su academia enseñaba Juan de Esquivel. Y sólo cinco años después de estas fechas, el expugnador de Breda, aquel hombre inteligente y hábil, peritísimo militar, hombre de corazón y amante de España hasta el sacrificio, de quien don Francisco de Quevedo escribiría:

Todo el Palatinado sujetaste
al monarca español, y tu presencia
al furor del hereje fue contraste.

En Flandes dijo tu valor tu ausencia,
en Italia tu muerte, y nos dejaste,
Spínola, dolor sin resistencia.

… había en efecto de morir enfermo y desengañado por el pago recibido a sus trabajos; salario fijo que nuestra tierra de caínes, madrastra más que madre, siempre bajuna y miserable, depara a cuantos la aman y bien sirven: el olvido, la ponzoña engendrada por la envidia, la ingratitud y la deshonra. Y para mayor y particular sarcasmo, había de morirse el pobre don Ambrosio teniendo por consuelo a un enemigo, Julio Mazarino, italiano como él de nacimiento, futuro cardenal y ministro de Francia, único que lo confortó a un paso de su lecho de muerte, y a quien nuestro pobre general confesaría, con senil delirio: *«Muero sin honor ni reputación… Me lo quitaron todo, el dinero y el honor... Yo era un hombre de bien... No es éste el pago que merecen cuarenta años de servicios».*

Fue a pocos días de serenado el motín cuando me sobrevino una singular pendencia. Ocurrió el mismo día del reparto de pagas, cuando diose una jornada de licencia a nuestro tercio antes que éste volviera al canal Ooster. Todo Oudkerk era una fiesta española, y hasta los hoscos flamencos a quienes habíamos acuchillado meses antes despejaban ahora el ceño ante la lluvia de oro que se derramó sobre la población. La presencia de soldados con la faltriquera repleta hizo aparecer, como por ensalmo, vituallas que antes se había tragado la tierra; la cerveza y el vino —este último más apreciado por nuestras tropas, que llamaban a la otra, como también lo hizo el gran Lope, orín de asno— corrían por azumbres, y hasta el sol tibio ayudó a calentar la fiesta iluminando bailes en las calles, música y juegos. Las casas con muestras de cisne o de calabazas en las fachadas, y me refiero a mancebías y tabernas —en España usábamos ramos de laurel o de pino—, hicieron su agosto. Las mujeres rubias y de piel blanca recobraron la sonrisa hospitalaria, y no pocos maridos, padres y hermanos miraron aquel día, de más o menos buen grado, hacia otra parte mientras la legítima te almidonaba el faldón de la camisa; pues no hay peña por dura que sea que no ablande el oportuno tintineo del oro, campeador de voluntades y zurcidor de honras. Amén que las flamencas, liberales en su trato y conversación, eran muy diferentes al carácter mojigato de las españolas: se dejaban fácilmente asir de las manos y besar en el rostro, y no era muy cuesta arriba hacer amistad con las que profesaban fe católica, hasta el punto de que no pocas acompañaron a nuestros soldados a su regreso a Italia o España; aunque sin llegar a los extremos de Flora, la heroína de *El sitio de Bredá*, a la que Pedro Calderón de la Barca, sin duda exagerando un poco, dotó de unas virtudes, sentido castellano del honor y amor a los españoles que yo, a la verdad —y juraría que tampoco el mismo Calderón—, nunca topéme en flamenca alguna.

En fin. Contaba a vuestras mercedes que allí, en Oudkerk, también el cortejo habitual de las tropas en campaña, esposas de soldados, rameras, cantineros, tahúres y gente de toda laya, había montado sus tenderetes extramuros; y los soldados iban y venían entre su mercadillo y la población, remediados algunos harapos con prendas nuevas, plumas en los sombreros y otras bizarrerías al uso —lo que gana el sacristán, de cantar viene y en cantos se va—, quebrantando muy por lo menudo los diez mandamientos, sin dejar indemnes tampoco virtudes teologales ni cardinales. Aquello era, dicho en corto, lo que los flamencos llaman *kermesse*, y los españoles jolgorio. A decir de los veteranos, parecía Italia.

Mi alegre mocedad participó de todo ello muy a su guisa. Junto a mi camarada Jaime Correas anduve ese día de la ceca a la Meca, y aunque no era aficionado al vino, bebí de lo caro como todo el mundo, entre otras cosas porque beber y jugar eran cosas muy a lo soldado, y no faltaban conocidos que el vino lo ofrecieran gratis. En cuanto al juego, nada jugué, pues los mochileros no cobrábamos atrasos ni presentes, y nada tenía que jugar;

pero estuve mirando los corros de soldados que se reunían alrededor de los tambores donde se echaban los dados o las barajas. Que, si hasta el último miles gloriosus de los nuestros era descreído de todos los diez mandamientos y apenas sabía leer ni escribir, si las letras se hicieran con ases de oros, todos habrían leído el libro del rezo tan de corrido como leían el de cuarenta y ocho naipes.

Rodaban los huesos, fustas y brochas sobre el parche y barajábase con destreza la descuadernada como si aquello fuese Potro de Córdoba o patio de los Naranjos sevillano: todo era echar dineros y naipes al rentoy, las quínolas, la malilla y las pintas, y el real del campamento era un inmenso garito de vengos y vois con más tacos que artilleros, eche vuacé, malhaya la puta de oros, votos a Dios y a su santísima madre; que en estos lances siempre hablan más alto los que en batalla lucen más miedo que hierro, pero amontonan, eso sí, muy linda valentía en la retaguardia, y clavan mejor una sota de espadas que la propia. Hubo quien jugóse aquel día los seis meses de paga por los que se había amotinado, perdiéndolos en golpes de azar mortales como cuchilladas. Que no siempre eran metafóricas, pues de vez en cuando se descornaba alguna flor de fullería, sota raspada, caballo sin jarretes o dado cargado con azogue; y entonces llovían los por vida de tal y por vida de cual, los mentís por la gola y los etcéteras, con descendimientos de manos, rasguños de dagas, sopetones de la blanca y sangrías de a palmo que nada tenían que ver con el barbero ni con el arte de Hipócrates:

¿Qué chusma es ésta? ¿Es gente de provecho?
Soldados y españoles: plumas, galas,
palabras, remoquetes, bernardinas,
arrogancias, bravatas y obras malas.

Ya dije en algún momento a vuestras mercedes que por tales fechas mi virtud, como otras cosas, llevósela Flandes. Y sobre ese particular terminé acudiendo aquel día con Jaime Correas a cierto carromato donde, al cobijo de una lona y unas tablas, cierto padre de mancebía, oficio piadoso donde los haya, aliviaba con tres o cuatro feligresas los varoniles pesares:

Hay seis o siete maneras
de mujeres pecadoras
que andan, Otón, a estas horas
por estas verdes riberas.

De una de tales maneras era cierta moza muy jarifa, linda de visaje, con razonable juventud y buen talle; y en ella habíamos invertido mi camarada y yo buena parte del botín obtenido cuando el saqueo de Oudkerk. Estábamos ayunos de sonante aquel día; pero la moza, una medio española y medio italiana que se hacía llamar Clara de Mendoza —nunca conocí a una daifa que no blasonara de Mendoza o de Guzmán aunque trajese estirpe de porqueros—, nos miraba con buenos ojos por alguna razón que se me escapa, de no ser la insolencia de nuestra juventud y la creencia, tal vez, de que quien hace un cliente mozo y agradecido guárdalo para toda la vida. Fuímonos a garbear por su rumbo, como digo, más a mirar que facultados de bolsa para el consumo; y la tal Mendoza, pese a que andaba ocupada en lances propios de su oficio, tuvo asaduras para dedicarnos una palabra cariñosa y una sonrisa deslumbrante, aunque de boca no anduviera muy pareja la moza. Tomóselo a mal cierto soldado matasiete que en su trato andaba, valenciano, zaíno de bigotes y atraidorado de barba, muy poco paciente y muy jayán. Y a su váyanse enhoramala unió el hecho a la palabra, con una coz para mi camarada y una bofetada para mí, con lo que entrambos quedamos servidos a escote. Dolióme el mojicón más en la honra que en la cara; y mi juventud, que la vida casi militar había vuelto poco sufrida en materia de sinrazones, incluida la razón de aquella sinrazón que a mi razón se hacía, respondió cumplidamente: la mano diestra se me fue por su cuenta a la cintura en la que cargaba, atravesada por atrás de los riñones, mi buena daga de Toledo.

—Agradezca vuestra merced —dije— la desigualdad de personas que hay entre los dos.

No llegué a desembarazar, pero el gesto fue muy de uno nacido en Oñate. En cuanto a la desigualdad, lo cierto es que me refería a que yo era un mozalbete mochilero y él todo un señor soldado; pero el mílite se lo tomó por la tremenda, creyendo que cuestionaba su calidad. El caso es que la presencia de testigos picó al valiente; que además cargaba delantero, o sea, llevaba entre pecho y espalda varios cuartillos de lo fino que se le traslucían en el aliento. Así que, sin más preámbulos, todo fue acabar yo de decírselo y venirse él a mí como loco, metiendo mano a su durindana. Abrió campo la gente y nadie se interpuso, creyendo sin duda que yo empezaba a ser lo bastante mozo para sostener con hechos mis palabras; y mal rayo mande Dios a quienes en tal trance me dejaron, que bien cruel es la condición humana cuando hay espectáculo de por medio, y nadie entre los curiosos estimábase redentor de vocación. Y yo, que a esas alturas del negocio ya no podía envainar la lengua, no tuve otra que desenvainar también la daga a fin de poner las cosas parejas, o al menos procurar no terminar mi carrera soldadesca como pollo en espetón. La vida junto al capitán Alatriste y el ejercicio en Flandes me habían procurado ciertas mañas, y era mozo vigoroso y de razonable estatura; además la Mendoza estaba mirando. Así que retrocedí ante la punta de la espada sin perderle la cara al valenciano, que muy a sus anchas empezó a tirarme cuchilladas con los filos, de esas que no matan pero te dejan bien aviado. La huida me estaba vedada por el qué dirán, y afirmarme era imposible por lo desparejo de aceros. Habría querido tirarle la daga; pero guardaba mi cabeza tranquila, a pesar del agobio, y advertí que sería quedarme a oscuras si la erraba. Seguía viniéndome encima el otro con las del turco, y retrocedí yo sin dejar de saberme inferior en armas, en cuerpo, en pujanza y destreza, porque él usaba toledana, era de buen pulso estando sobrio, muy diestro, y yo un garzón con una daga a quien los hígados no iban a servirle de broquel. Eché cuentas de por lo menos una cabeza rota —la mía— como botín de aquella campaña.

—Ven aquí, bellaco —dijo el marrajo.

Al hablar, el vino de su estómago le hizo dar un traspié; de modo que sin hacérmelo repetir dos veces fui a él, en efecto. Y como pude, con la agilidad de mis pocos años, esquivé su acero tapándome la cara con la zurda por si me la cortaba a medio camino, y le metí un muy lindo golpe de daga de derecha a izquierda y de abajo arriba que, de haber podido alargarlo una cuarta, habría dejado al rey sin un soldado y a Valencia sin un hijo predilecto. Pero harto afortunado salí con irme para atrás sin daño propio, habiéndole sólo rozado a mi adversario la ingle —que era adonde tiré la cuchillada—, arrancándole una agujeta y un «*Cap de Deu!*» que levantó risas entre los testigos y también algún aplauso que, a modo de parco consuelo, indicó que la concurrencia estaba de mi parte.

De cualquier modo, mi ataque había sido un error; pues todos habían visto que yo no era un pobrecillo indefenso, y ahora nadie terciaba, ni iba a terciar, y hasta el camarada Jaime Correas me jaleaba encantado con mi papel en la pendencia. Lo malo era que al valenciano el golpe de daga habíale borrado el vino de golpe, y ahora, con mucha firmeza, cerraba de nuevo dispuesto a darme un piquete morcillero con la punta, lo que ya eran palabras y estocadas mayores. De modo que, horrorizado por irme sin confesión al otro barrio, pero sin otra que elegir para mi provecho, resolví jugármela por segunda y última vez, trabándome de cerca entre la espada del valenciano y su barriga, asirme allí como pudiera, y acuchillar y acuchillar hasta que él o yo saliéramos despachados con cartas para el diablo; con el que, a falta de absolución y santos óleos, ya ingeniaría yo las explicaciones pertinentes. Y es curioso: años más tarde, cuando leí a un francés eso de «*el español, decidida la estocada que ha de dar, la ejecuta así lo hagan pedazos*», pensé que nadie expresó mejor la decisión que yo tomé en aquel momento frente al valenciano. Pues retuve aliento, apreté los dientes, aguardé el final de uno de los mandobles que tiraba mi enemigo, y cuando la punta de su toledana describió el extremo del arco que estimé más alejado de mí, quise arrojarme sobre él con la daga por delante. Y bien lo hubiera hecho, pardiez, de no haberme agarrado de pronto por el pescuezo y por el brazo unas manos vigorosas, al tiempo que un cuerpo se interponía frente al enemigo. Y cuando alcé el rostro, sobrecogido, vi los ojos glaucos y fríos del capitán Alatriste.

—El mozo era poca cosa para un hombre de hígados como vos.

Se había desplazado un poco el escenario, y el negocio discurría ahora por otros cauces y con relativa discreción. Diego Alatriste y el valenciano estaban cosa de cincuenta pasos más allá, al pie del terraplén de un dique que los ocultaba de la vista del campamento. Sobre el dique, alto de ocho o diez codos, los camaradas de mi amo mantenían a distancia a los curiosos. Lo hacían como quien no quiere la cosa, formando una suerte de barrera que no dejaban franquear a nadie. Eran Llop, Rivas, Mendieta y algunos otros, incluido Sebastián Copons, cuyas manos de hierro me habían sujetado en la pendencia, y junto al que yo me encontraba ahora, asomando la cabeza para ver lo que ocurría abajo, en la orilla del canal. A mi alrededor, los camaradas de Alatriste disimulaban con bastante apariencia, mirando ora a un lado ora a otro, y disuadiendo con resueltas ojeadas, retorcer de bigotes y manos en los pomos de las espadas a quienes pretendían acercarse a echar un vistazo. Para que todo transcurriese en debida forma, habían hecho venir también a dos conocidos del valenciano, por si luego era necesaria fe de testigos sobre los pormenores del reñir.

—No querréis —añadió Alatriste— que os llamen Traganiños.

Lo dijo muy helado y con mucha zumba, y el valenciano masculló un pese a tal que todos pudimos oír desde lo alto del terraplén. No quedaba en él ni rastro de vapores de vino, y se pasaba la mano izquierda por la barba y el mostacho, muy descompuesto de talante, mientras sostenía la herreruza desenvainada en la diestra. A pesar de su aspecto amenazador, del juramento y de la hoja desnuda, en el sobrescrito se le veía que no estaba del todo inclinado a batirse; pues de otro modo ya se habría arrojado sobre el capitán, resuelto a madrugarle y llevárselo por delante. Había sido arrastrado hasta allí por la negra honrilla y por el estado poco airoso de su crédito tras la pendencia conmigo; pero echaba de vez en cuando ojeadas a lo alto del terraplén, como si aún confiara en que alguien terciase antes que todo fuere a más. De cualquier modo, la mayor parte del tiempo lo dedicaba a observar los movimientos de Diego Alatriste; que muy lentamente, como si tuviera todo el tiempo del mundo, se había quitado el sombrero y ahora, siempre con movimientos despaciosos, alzaba por encima de la cabeza la bandolera con los doce apóstoles, la ponía junto al arcabuz en el suelo, a la orilla del canal, y luego empezaba a desabrocharse los pasadores del jubón, con la misma flema.

—Un hombre de hígados como vos… —repitió, fijos sus ojos en los del otro.

Al oírse tratar de vos por segunda vez, y además con tan fría guasa, el valenciano resopló furioso, miró hacia los del terraplén, dio un paso adelante y otro hacia un lado, y movió la espada de derecha a izquierda. Cuando no se aplicaba entre familiares, amigos o personas de muy diferente condición, el *vos* en lugar de *uced* o *vuestra merced* era fórmula poco cortés, que entre los siempre suspicaces españoles se tomaba muchas veces como insulto. Si consideramos que en Nápoles el conde de Lemos y don Juan de Zúñiga llegaron a meter mano a las toledanas, ellos y su séquito y hasta sus criados, y que ciento cincuenta aceros se desnudaron aquel día porque el uno llamó al otro señoría en vez de excelencia, y el otro al uno vuesamerced en vez de señoría, resulta fácil hacerse idea del asunto. Saltaba a la cara que el valenciano no sufría con agrado aquel voseo, y que, pese a su indecisión —era evidente que conocía de vista y de reputación al hombre que estaba frente a él—, eso no le dejaba más que batirse. El mero hecho de envainar la espada ante otro soldado que lo trataba de vos, y teniéndola como ya la tenía de modo tan fanfarrón en la mano, habría sido mucha afrenta para su reputación. Y pronunciada en castellano, la palabra reputación era entonces mucha palabra. No en balde los españoles peleamos siglo y medio en Europa arruinándonos por defender la verdadera religión y nuestra reputación; mientras que luteranos, calvinistas, anglicanos y otros condenados herejes, pese a especiar su olla con mucha Biblia y libertad de conciencia, lo hicieron en realidad para que sus comerciantes y sus compañías de

Indias ganaran más dinero; y la reputación, si no gozaba de ventajas prácticas, los traía al fresco. Que siempre fue muy nuestro guiarse menos por el sentido práctico que por el orapronobis y el qué dirán. De modo que así le fue a Europa, y así nos fue a nosotros.

—Nadie os dio vela en este entierro —dijo el valenciano, ronco.

—Cierto —concedió Alatriste, como si hubiera considerado lo del entierro muy a fondo—. Pero pensé que todo un señor soldado como vos requería algo más parejo… Así que espero serviros yo.

Estaba en camisa, y los zurcidos de ésta, sus calzones remendados y las viejas botas sujetas bajo las rodillas con cuerdas de arcabuz, no disminuían un ápice su imponente apariencia. El agua del canal reflejó el brillo de su espada cuando la extrajo de la vaina.

—¿Os place decirme vuestro nombre?

El valenciano, que se desabrochaba un justillo con tantos sietes y zurcidos como la camisa del capitán, hizo un gesto hosco con la cabeza. Sus ojos no se apartaban de la herreruza de su adversario.

—Me llaman García de Candau.

—Mucho gusto —Alatriste había llevado la mano zurda atrás, a su costado, y en ella relucía ahora también su daga vizcaína con guardas de gancho—. El mío…

—Sé cómo os llaman —lo interrumpió el otro—. Sois ese capitán de pastel que se da un título que no tiene.

En lo alto del terraplén, los soldados se miraron unos a otros. Al valenciano el vino le daba hígados, después de todo. Porque conociendo a Diego Alatriste, y pudiendo esperar librarse con una mojada de soslayo y unas semanas boca arriba, meterse en aquellas honduras era naipe fijo para irse por la posta. Así que todos quedamos expectantes, resueltos a no perder detalle.

Entonces vi que Diego Alatriste sonreía. Y yo había vivido junto a él tiempo suficiente para conocer aquella sonrisa: una mueca bajo el mostacho, fúnebre como un presagio, carnicera como la de un lobo cansado que una vez más se dispone a matar. Sin pasión y sin hambre. Por oficio.

Cuando retiraron al valenciano de la orilla, porque estaba con medio cuerpo en el agua, la sangre teñía de rojo, alrededor, el agua tranquila del canal. Todo se había hecho según las reglas de la esgrima y la decencia, puestos de firme a firme, dando el tajo y metiendo pies con aderezo de amagos de daga, hasta que la toledana del capitán Alatriste terminó entrando por donde solía. Así que al hacerse averiguaciones sobre esa muerte —entre barajas, pendencias y jiferazos contáronse otros tres despachados en la jornada, amén de media docena a los que apuñalaron de consideración— todos los testigos, soldados del rey nuestro señor y hombres de palabra, dijeron sin empacho que el valenciano había caído al canal, muy mamado, hiriéndose con su propia arma; de modo que el barrachel del tercio, bien aliviado para su coleto, dio por zanjado el negocio y cada mochuelo fuese a su olivo. Además, aquella misma noche se produjo el ataque holandés. Y el barrachel, y el maestre de campo, y los propios soldados, y el capitán Alatriste y yo mismo teníamos —vive Dios que sí— cosas más urgentes en que pensar.

Capítulo V

LA FIEL INFANTERÍA

El enemigo atacó en mitad de la noche, y los puestos de centinela perdida se convirtieron en eso, en perdidos por completo, acuchillados sin tiempo a decir esta boca es mía. Mauricio de Nassau había aprovechado las aguas revueltas del motín, e informado por sus espías vínose sobre Oudkerk desde el norte intentando meter en Breda un socorro de holandeses e ingleses, con mucha copia de infantería y caballería que se adelantó haciendo gentil destrozo en nuestras avanzadas. El tercio de Cartagena y otro de infantería valona que acampaba en las cercanías, el del maestre don Carlos Soest, recibieron orden de situarse en el camino de los holandeses y retrasarlos hasta que nuestro general Spínola organizase el contraataque. De modo que en plena noche nos despertaron redobles de cajas, y pífanos, y gritos de tomar el arma. Y nadie que no haya vivido tales momentos puede imaginar la confusión y el desbarajuste: hachas encendidas iluminando carreras, empujones y sobresaltos, rostros serenos, graves o atemorizados, órdenes contradictorias, gritos de capitanes y sargentos disponiendo apresuradamente filas de soldados soñolientos, a medio vestir, que se colocan los arreos de guerra; todo ello entre el rataplán ensordecedor de tambores arriba y abajo del campamento a la población, gente asomada a las ventanas y a las murallas, tiendas abatidas, caballerías que relinchan y se alzan de manos contagiadas por la inminencia del combate. Y brillo de acero, y relucir de picas, morriones y coseletes. Y viejas banderas que son sacadas de sus fundas y se despliegan, cruces de Borgoña, barras de Aragón, cuarteles con castillos y leones y cadenas, a la luz rojiza de las antorchas y las fogatas.

La compañía del capitán Bragado se puso en marcha de las primeras, dejando a su espalda los fuegos del pueblo fortificado y el campamento, y adentrándose en la oscuridad a lo largo de un dique que bordeaba extensas marismas y turberas. Por la fila de soldados corría la palabra de que íbamos al molino Ruyter, cuyo paraje era paso obligado para el holandés en su camino a Breda, por ser lugar angosto y, a lo que decían, imposible de esguazar por otro sitio. Yo caminaba con los demás mochileros entre la compañía de Diego Alatriste, llevando su arcabuz y el de Sebastián Copons y muy cerca de ellos, pues también portaba provisión de pólvora y balas y parte de sus pertrechos; ejercicio constante que, dicho sea de paso, y gracias al dudoso privilegio de cargar como una mula, solíame fortalecer los miembros día tras día; que para un español —nosotros siempre hicimos, qué remedio, rancho con las desgracias— nunca ha habido mal que por bien no venga. O viceversa:

Pues hermanos y señores,
ya sabéis sin que os lo diga
que se ganan los honores
con grandísima fatiga.

El camino no era fácil en la oscuridad, pues había muy poca luna y casi siempre cubierta; de modo que a trechos algún soldado tropezaba, o se detenía la hilada y chocaban unos con otros, y entonces a lo largo del dique corrían los voto a tal y los pardieces igual que granizada de balas. Mi amo era, como de costumbre, una silueta silenciosa a la que yo seguía cual sombra de una sombra; y así íbamos haciendo andar mientras en mi cabeza y mi corazón se cruzaban encontrados sentimientos: de una parte, la cercanía de la acción en una naturaleza joven como la mía; de la otra el reparo a lo desconocido, agravado por aquella tiniebla y por la perspectiva de reñir en campo abierto con enemigo numeroso. Tal vez por eso habíame impresionado sobremanera cuando, aún en Oudkerk y recién formado el tercio a la luz de las antorchas, hasta los más descreídos habíanse sosegado un momento para hincar rodilla en tierra y descubrirse, mientras el capellán Salanueva recorría las filas dándonos una absolución general, por si las moscas. Que aunque el páter era un fraile hosco y estúpido al que se le trababan los latines en el vino, a fin de cuentas era lo único más o menos santo que teníamos a mano. Pues una cosa no quita la otra; y vistos en mal trance, nuestros soldados prefirieron siempre un *ego te absolvo* de mano pecadora que irse a pelo al otro barrio.

Hubo un detalle que me inquietó sobremanera, y por los comentarios alrededor también dio que pensar a los veteranos. Franqueando uno de los puentes cercanos al dique, vimos que algunos gastadores alumbrados con fanales aprestaban hachas y zapas para derribarlo a nuestra espalda, sin duda por cortar el paso al holandés en aquella parte; pero eso significaba también que ningún refuerzo íbamos a tener de ese lado, y que por ahí se nos hacía imposible un eventual sálvese quien pueda. Quedaban otros puentes, sin duda; pero calculen vuestras mercedes el efecto que eso hace cuando marchas a oscuras hacia el enemigo.

El caso es que con puente a nuestra espalda o sin él, llegamos al molino Ruyter antes del alba. Desde allí podíase oír el petardeo lejano de la escopetada que nuestros arcabuceros más avanzados sostenían escaramuzando con los holandeses. Ardía una fogata, y a su resplandor vi al molinero y su familia, mujer y cuatro hijos de poca edad, todos en camisa y espantados, desalojados de su vivienda y mirando impotentes cómo los soldados rompían puertas y ventanas, fortificaban el piso superior y amontonaban los pobres muebles para formar baluarte. Las llamas hacían relucir morriones y coseletes, lloraban los críos de terror ante aquellos hombres rudos vestidos de acero, y se llevaba el molinero las manos a la cabeza, viéndose arruinado y devastada su hacienda sin que nadie se conmoviera por ello; que en la guerra toda tragedia viene a ser rutina, y el corazón del soldado se endurece tanto en la desgracia ajena como en la propia. En cuanto al molino, nuestro maestre de campo lo había elegido como puesto de mando y observatorio, y veíamos a don Pedro de la Daga conferenciar en la puerta con el maestre de los valones, rodeados ambos de sus planas mayores y sus banderas. De vez en cuando volvíanse a mirar unos fuegos lejanos, distantes cosa de media legua, como de casares que ardían en la distancia, donde parecía concentrarse el grueso de los holandeses.

Aún se nos hizo avanzar un poco más, dejando atrás el molino; y las compañías se fueron desplegando en las tinieblas entre los setos y bajo los árboles, pisando hierba empapada que nos mojaba hasta las rodillas. La orden era no encender fuegos de leña y esperar, y de vez en cuando una escopetada cercana o una falsa alarma hacían agitarse las filas, con muchos quién vive y quién va y otras voces militares al uso; que el miedo y la vigilia son malos compañeros del reposo. Los de vanguardia tenían las cuerdas de los arcabuces encendidas, y en la oscuridad brillaban sus puntos rojos como luciérnagas. Los más veteranos se tumbaron en el suelo húmedo, resueltos a descansar antes del combate. Otros no querían o no podían, y se estaban muy en vela y alerta, escudriñando la noche, atentos al escopeteo esporádico de las avanzadillas que escaramuzaban cerca. Yo estuve todo el tiempo junto al capitán Alatriste, que con su escuadra fue a tenderse junto a un seto. Los seguí tanteando en la oscuridad, con la mala fortuna de arañarme cara y manos en las zarzas, y un par de veces oí la voz de mi amo llamándome para asegurarse de que estaba cerca. Por fin requirió él su arcabuz y Sebastián Copons el suyo, y me encargaron mantuviera una cuerda encendida de ambos cabos por si les fuere menester. Así que saqué de mi mochila eslabón y pedernal, y chisqueando al resguardo del seto hice lo que me mandaron y soplé bien la mecha, poniéndola en un palo que clavé en el suelo para que se mantuviera seca y encendida y todos pudieran proveerse de ella. Luego me acurruqué con los demás, intentando descansar de la caminata, y quise dormir un poco. Mas fue en vano. Hacía demasiado frío, la hierba húmeda calaba por abajo mis ropas, y por arriba el relente de la noche nos empapaba a todos muy a gusto de Belcebú. Sin apenas darme cuenta fui arrimándome al reparo del cuerpo de Diego Alatriste, que permanecía tumbado e inmóvil con su arcabuz entre las piernas. Sentí el olor de sus ropas sucias mezclado con el cuero y metal de sus arreos, y me pegué a él en busca de calor; cosa que no me estorbó, manteniéndose inmóvil al sentirme cerca. Y sólo más tarde, cuando dio en rayar el alba y yo empecé a tiritar, se ladeó un instante y cubrióme sin decir palabra con su viejo herreruelo de soldado.

Los holandeses se vinieron muy gentilmente sobre nosotros con la primera luz. Su caballería ligera dispersó nuestras avanzadillas de arcabuceros, y a poco los tuvimos encima en filas bien cerradas, intentando ganarnos el molino Ruyter y el camino que por Oudkerk llevaba a Breda. La bandera del capitán Bragado recibió orden de escuadronarse con las otras del tercio en un prado rodeado de setos y árboles, entre la marisma y el camino; y al otro lado de tal camino dispúsose la infantería valona de don Carlos Soest —toda de flamencos católicos y leales al rey nuestro señor—, de modo que entrambos tercios cubríamos la extensión de un cuarto de legua de anchura que era paso obligado para los holandeses. Y a fe que resultaba bizarra y de admirar la apariencia de aquellos dos tercios inmóviles en mitad de los prados, con sus banderas en el centro del bosque de picas y sus mangas de arcabuces y mosquetes cubriendo el frente y los flancos, mientras los suaves desniveles del terreno en los diques cercanos se iban cubriendo de enemigos en pleno avance. Aquel día íbamos a batirnos uno contra cinco; hubiérase dicho que Mauricio de Nassau vaciaba los Estados de gente para echárnosla toda encima.

—Por vida del rey, que va a ser bellaco lance —oí comentar al capitán Bragado.

—Al menos no traen la artillería —apuntó el alférez Coto.

—De momento.

Tenían los párpados entornados bajo las alas de los sombreros y miraban con ojo profesional, como el resto de los españoles, el relucir de picas, corazas y yelmos que iba anegando la extensión de terreno frente al tercio de Cartagena. La escuadra de Diego Alatriste estaba en vanguardia, arcabuces listos y mosquetes apoyados en sus horquillas, balas en boca y cuerdas encendidas por ambos extremos, formando una manga protectora sobre el ala izquierda del tercio escuadronado, ante las picas secas y los coseletes que se mantenían detrás, a un codo cada piquero de otro, ligeros y lanza al hombro los primeros y bien herrados los segundos de morrión, gola, peto y espaldar, con las picas de veinticinco palmos apoyadas en el suelo, esperando. Yo estaba a la distancia de una voz del capitán Alatriste, listo para socorrerlo a él y a sus camaradas con provisión de pólvora, plomos de una onza y agua cuando la hubieren menester. Alternaba mis miradas entre las cada vez más espesas filas de holandeses y la apariencia impasible de mi amo y los demás, cada uno quieto en su puesto, sin otra conversación que un apunte dicho en voz baja a los compañeros cercanos, una mirada plática allá o acá, una expresión absorta, una oración dicha entre dientes, un retorcer de mostachos o una lengua pasada por los labios secos, esperando. Excitado por la inminencia del combate, deseando ser útil, fuime hasta Alatriste por si quería refrescarse o algo se le ofrecía; pero apenas reparó en mí. El mocho de su arcabuz hallábase apoyado en el suelo y él tenía las manos sobre el cañón, la mecha humeante enrollada a la muñeca izquierda, y sus ojos claros observaban atentos el campo enemigo. Dábanle las alas del chapeo sombra en la cara, y llevaba el coleto de piel de búfalo bien ceñido bajo la pretina con los doce apóstoles, espada, vizcaína y frasco de pólvora cruzada sobre la descolorida banda roja. Su perfil aguileño subrayado por el enorme mostacho, la piel tostada del rostro y las mejillas hundidas, sin afeitar desde el día anterior, lo hacían parecer más flaco que de costumbre.

—¡Ojo a la zurda! —alertó Bragado, echándose la jineta al hombro.

A nuestra izquierda, entre las turberas y los árboles cercanos, merodeaban caballos ligeros holandeses reconociendo el terreno. Sin esperar otras órdenes, Garrote, Llop y cuatro o cinco arcabuceros se adelantaron unos pasos, pusieron un poco de pólvora en los bacinetes, y apuntando con cuidado dieron una rociada a los herejes, que tiraron de las riendas y se retiraron sin ceremonia. Al otro lado del camino el enemigo ya estaba sobre el tercio de Soest, ofendiéndolo de cerca con descargas de arcabucería, y los valones respondían muy bien al fuego por el fuego. Desde donde me hallaba vi que una tropa numerosa de caballos corazas se acercaba con intención de darles una carga, y que las picas valonas se inclinaban como reluciente gavilla de fresno y acero, listas para recibirla.

—Ahí vienen —dijo Bragado.

El alférez Coto, que iba cubierto con un coselete y mangas de cota de malla —llevar la bandera lo exponía a tiros y toda suerte de golpes enemigos—, cogió el estandarte de manos de su sotalférez y fue a reunirse con las otras enseñas en el centro del tercio. De los árboles y los setos, recortados frente a nosotros por el contraluz de los primeros rayos horizontales de sol, los holandeses salían a cientos, recomponiendo sus filas al llegar al prado. Gritaban mucho para darse ánimos —iban con ellos no pocos ingleses, tan vociferantes en el reñir como en el beber—; y de ese modo, sin dejar de avanzar, se hilaban en buen orden a doscientos pasos, con sus arcabuceros sueltos tirándonos ya por delante, aún fuera de alcance. Ya dije a vuestras mercedes que, pese a ser plático en Flandes, aquélla era mi primera refriega general en campo abierto; y nunca hasta entonces había visto a los españoles esperando a pie firme una acometida. Lo más particular era el silencio en que aguardaban; la inmovilidad absoluta con que aquellas filas de hombres cetrinos, barbudos, venidos del país más indisciplinado de la tierra, veían acercarse al enemigo sin una voz, un estremecimiento, un gesto que no estuviera regulado por las ordenanzas del rey nuestro señor. Fue ese día, frente al molino

113

Ruyter, cuando alcancé muy de veras por qué nuestra infantería fue, y aún había de ser durante cierto tiempo, la más temida de Europa: el tercio era, en combate, una máquina militar disciplinada, perfecta, en la que cada soldado conocía su oficio; y ésa era su fuerza y su orgullo. Para aquellos hombres, variopinta tropa hecha de hidalgos, aventureros, rufianes y escoria de las Españas, batirse honrosamente por la monarquía católica y por la verdadera religión confería a quien lo hiciera, incluso al más villano, una dignidad imposible de acreditar en otra parte:

> *Troqué por Flandes mi famosa tierra,*
> *donde hermanos segundos, no heredados,*
> *su vejación redimen en la guerra,*
> *si mayorazgos no, siendo soldados.*

… como muy bien, y al hilo de este discurso, escribió el fecundo ingenio toledano fray Gabriel Téllez, por más famoso nombre Tirso de Molina. Que al socaire de la invencible reputación de los tercios, hasta el más ruin maltrapillo conocía ocasión de apellidarse hidalgo:

> *Mi linaje empieza en mí,*
> *porque son mejores hombres*
> *los que sus linajes hacen,*
> *que aquellos que los deshacen*
> *adquiriendo viles nombres.*

En cuanto a los holandeses, ésos no gastaban tantos humos y se les daban un ardite los linajes; pero aquella mañana venían muy valientes y por derecho camino de Breda, resueltos a acortar distancias: algunos mosquetazos zumbaban ya al límite de su alcance, rodando sin fuerza las pelotas de plomo por la hierba. Vi a nuestro maestre don Pedro de la Daga, que bien rebozado de hierro milanés se tenía a caballo junto a las banderas, calarse la celada con una mano y alzar la bengala de mando en la otra. Al momento redobló el tambor mayor, y en seguida se le unieron las otras cajas del tercio. Aquel batir prolongóse interminable; y se diría que helaba la sangre, pues alrededor hízose un silencio mortal. Los mismos holandeses, cada vez más cercanos hasta el punto de que ya podíamos distinguir sus rostros, ropas y armas, callaron un instante y vacilaron, impresionados por el redoble que surgía de aquellas filas inmóviles que les estorbaban el camino. Luego, incitados por sus cabos y oficiales, reanudaron avance y vocerío. Se hallaban ya muy cerca, a sesenta o setenta pasos, con picas dispuestas y arcabucería a punto. Veíamos arder los cabos de sus mechas.

Entonces corrió una voz por el tercio; una voz desafiante y recia, repetida de hilada en hilada, creciendo en un clamor que terminó por ahogar el sonido de los parches:

—¡España!… ¡España!… ¡Cierra España!

Aquel *cierra* era grito viejo, y siempre significó una sola cosa: guardaos, que ataca España. Al oírlo retuve el aliento, volviéndome a mirar a Diego Alatriste; mas no alcancé a saber si él también lo había voceado, o no. Al batir de los tambores, las primeras filas de españoles movíanse ahora hacia adelante; y él avanzaba con ellas, suspendido el arcabuz, codo a codo con los camaradas, Sebastián Copons a un lado y Mendieta al otro, muy juntos al capitán Bragado y sin dejar espacios entre sí. Marchaban todos al mismo ritmo lento, ordenados y soberbios como si desfilaran ante el propio rey. Los mismos hombres amotinados días antes por sus pagas iban ahora dientes prietos, mostachos enhiestos y cerradas barbas, andrajos cubiertos por cuero engrasado y armas relucientes, fijos los ojos en el enemigo, impávidos y terribles, dejando tras de sí la humareda de sus cuerdas encendidas. Corrí en pos para no perderlos de vista, entre las balas herejes que ya zurreaban en serio, pues sus arcabuceros y coseletes estaban muy cerca. Iba sin aliento, ensordecido por el estruendo de mi propia sangre, que batía venas y tímpanos como si las cajas redoblasen en mis entrañas.

La primera descarga cerrada de los holandeses nos llevó algún hombre, arrojando sobre nosotros una nube de humo negro. Cuando éste se disipó, vi al capitán Bragado con la jineta en alto, y a Alatriste y a sus camaradas detenerse con mucha calma, soplar las mechas, calar arcabuces y arrimarles la cara. Y de ese modo, a treinta pasos de los holandeses, el tercio viejo de Cartagena entró en fuego.

—¡Cerrar filas!… ¡Cerrar filas!

El sol llevaba dos horas en el cielo y el tercio peleaba desde el amanecer. Las filas adelantadas de arcabuceros españoles habían mantenido su línea haciendo mucho daño a los holandeses hasta que, ofendidos de cerca

por tiros, picas y escaramuzas de caballos ligeros, retro-
cediendo sin perder cara al enemigo, habíanse vuelto sobre el tercio escuadronado; donde ahora formaban, junto a los piqueros, un muro infranqueable. A cada carga, a
cada escopetada, los huecos dejados por los hombres que
caían eran cubiertos por los que estaban en pie, y en cada ocasión los holandeses encontraban siempre, al llegar
hasta nosotros, la barrera de picas y mosquetazos que
una y otra vez los hacía retroceder.

—¡Ahí vienen otra vez!

Diríase que el diablo vomitaba herejes, pues era la
tercera que nos daban carga. Sus lanzas se acercaban de
nuevo, brillando entre la densa humareda. Nuestros oficiales estaban roncos de dar voces; y al capitán Bragado,
que había perdido el sombrero en la refriega y tenía la
cara tiznada de pólvora, la sangre holandesa no llegaba a
cuajársele en la hoja de la espada.

—¡Calad picas!

En la parte frontera del escuadrón, a menos de un
pie uno del otro y bien guarnecidos con sus petos y morriones de cobre y acero, los coseletes arrimaron las largas picas al pecho, y tras hacerlas bascular sobre la mano
zurda pusiéronlas horizontales con la derecha, prestos a
cruzarlas con las del enemigo. Mientras, nuestros arcabuceros de los lados ofendían muy seriamente a los con-
trarios. Yo me hallaba entre ellos, bien arrimado a la escuadra de mi amo, procurando no estorbar a los
hombres que cargaban y disparaban: a pulso los arcabuces, apoyados con la horquilla en tierra los más pesados
mosquetes. Iba y venía socorriendo a éste con provisión
de pólvora, al otro de balas, o alcanzándole a aquél la

frasca de agua que llevaba yo atada con una cuerda en bandolera. La escopetada levantaba un humo que ofendía vista y olfato, y me hacía llorar; y las más veces debía guiarme casi a ciegas entre los que me reclamaban.

Acababa de entregarle al capitán Alatriste un puñado de balas, que ya le escaseaban, y vi cómo ponía varias en la bolsa que llevaba colgada sobre el muslo derecho, se metía dos en la boca y echaba otra al caño del arcabuz, la atacaba bien, y luego echaba polvorín al bacinete, soplaba la mecha enrollada en la mano izquierda, la calaba y se subía el arma a la cara para tomarle el punto al holandés más próximo. Hizo tales movimientos de modo mecánico, sin dejar de buscar al otro con la vista, y cuando salió el tiro vi que al hereje, un piquero con un morrión enorme, se le abría un boquete en el peto de hierro y caía atrás, oculto entre sus camaradas.

Ya se trababan picas con picas a nuestra derecha, y una buena hilada de coseletes herejes se desviaba también arremetiendo contra nosotros. Diego Alatriste acercó la boca al caño caliente del arcabuz, escupió dentro una bala, repitió con mucha flema los movimientos anteriores y disparó de nuevo. El rastro quemado de su propia pólvora le cubría de gris cara y mostacho, encaneciéndoselo. Sus ojos, rodeados ahora del tizne que acentuaba las arrugas, rojizos los lagrimales irritados por el humo, seguían con obstinada concentración el avance de las filas holandesas, y cuando fijaba un nuevo enemigo al que apuntar, lo miraba todo el tiempo cual si temiera perderlo; como si matarlo a él y no a otro fuese una cuestión personal. Tuve la impresión de que elegía con cuidado a sus presas.

—¡Ahí están!... —voceó el capitán Bragado—. ¡Tened duro!... ¡Tened duro!

Para eso, para tener duro, le habían dado Dios y el rey a Bragado dos manos, una espada y un centenar de españoles. Y era tiempo de emplearlos a fondo, porque las picas holandesas se nos venían con mucha decisión encima. En el fragor de la escopetada oí jurar a Mendieta, con ese fervor que sólo somos capaces de emplear en nuestras blasfemias los vascongados, porque se le había partido la llave del arcabuz. Después un gorrión de plomo pasó a una pulgada de mi cara, zaaas, chac, y justo detrás de mí se vino abajo un soldado. A nuestra diestra el paisaje era un bosque de picas españolas y holandesas trabadas unas con otras; y como una ondulación erizada de acero, aquella línea se disponía también a golpearnos a nosotros con su extremo. Vi a Mendieta voltear el arcabuz y agarrarlo por el caño, para usarlo como maza. Todos descargaban apresurados los últimos escopetazos.

—¡España!... ¡Santiago!... ¡España!

Tremolaban a nuestra espalda, detrás de las picas, las cruces de San Andrés acribilladas de balas. Los holandeses ya estaban allí mismo, alud de ojos espantados o terribles, rostros sangrantes, gritos, corazas, morriones, aceros; herejes grandes, rubios y muy valerosos que amagaban con picas y alabardas procurando clavárnoslas, o nos acometían espada en mano. Vi cómo Alatriste y Copons, hombro con hombro, tiraban los arcabuces al suelo y desenvainaban toledanas, afirmando bien los pies. También vi entrarse las picas holandesas por nuestras filas, y sus moharras herir y mutilar, revolviéndose tintas en sangre; y a Diego Alatriste tirando tajos y cuchilladas entre las largas varas de fresno. Agarré una que pasóme cerca, y un español que estaba a mi lado le metió la herreruza por la garganta al holandés que la sostenía al otro extremo, hasta que la sangre, chorreando por el asta, me llegó a las manos. Cerraban ya las picas españolas en nuestro socorro, tendiéndose desde atrás para ofender a los holandeses por encima de nuestros hombros y en los huecos dejados por los muertos; todo era un laberinto de lanzas trabadas unas con otras, y entre ellas arreciaba la carnicería.

Fuime hacia Alatriste, abriéndome paso a empujones entre los camaradas, y cuando un holandés se le entró por los filos de la espada y vino a dar a sus pies, trabándoselos con los brazos en un intento de derribarlo también, grité sin oír mi propia voz, desenvainé la daga y me llegué a él como un rayo, resuelto a defender a mi amo así me hicieran pedazos. Ofuscado por aquella locura caíle encima al hereje con una mano sobre su cara y apretándole la cabeza contra el suelo, mientras Alatriste se desembarazaba de él a patadas y volvía a pasarle el cuerpo con su espada un par de veces, desde arriba. Revolvíase el holandés sin terminar de irse por la posta. Era hombre vigoroso, ya hecho; sangraba como toro de Jarama bien picado, por narices y boca, y recuerdo el tacto pegajoso de su sangre, roja y sucia de pólvora y tierra en la cara blanca y llena de pecas, cubierta de cerdas rubias. Se debatía sin resignarse a morir, el hideputa, y yo me debatía con él. Teniéndolo siempre sujeto con la zurda, afirmé bien la daga de misericordia en la diestra y dile tres lindas puñaladas con mucho brío en las costillas; pero apechugaba tan de cerca que las tres resbalaron sobre el coleto de cuero que le protegía el torso. Sintió los golpes, pues vi sus ojos muy abiertos, y soltó al fin las piernas de mi amo para protegerse la cara, cual si temiera fuese a herirlo allí, al tiempo que exhalaba un gemido. Yo estaba ciego al mismo tiempo de pavor y de furia, descompuesto por aquel maldito que tan tozudamente se negaba a ser despachado. Entonces le puse la punta de la daga entre las presillas del coleto —«*Nee... Srinden... Nee!*», murmuraba el hereje— y apoyé con todo el peso de mi cuerpo; y en menos de un avemaría tuvo un último vómito de sangre, puso los ojos en blanco y quedóse tan quieto como si no hubiera vivido nunca.

—¡España!... ¡Se retiran!... ¡España!

Retrocedían las maltrechas filas de holandeses, pisoteando cadáveres de sus camaradas y dejando la hierba bien sazonada de muertos. Unos pocos españoles bisoños hacían amago de perseguirlos, pero la mayor parte de los soldados se mantuvieron donde estaban: los del tercio de Cartagena eran casi todos soldados viejos; demasiado como para correr desbaratando las filas, a riesgo de caer en un ataque de flanco o una emboscada. Yo sentí que la mano de Alatriste me agarraba por el cuello del jubón, dándome vuelta para ver si estaba ileso, y al levantar el rostro hallé sus iris glaucos. Luego, sin un gesto de más ni una palabra, me apartó del holandés fiambre echándome hacia atrás. El brazo con que sostenía su espada parecióme cansado, exhausto, cuando lo alzó para envainarla después de limpiar la hoja en el coleto del muerto. Tenía sangre en la cara, en las manos y en la ropa; pero ninguna era suya. Miré alrededor. Sebastián Copons, que buscaba su arcabuz entre un montón de cadáveres españoles y holandeses, sí sangraba de la propia por una brecha abierta en la sien.

—Cagüenlostia —decía aturdido el aragonés, tocándose dos pulgadas de cuero cabelludo que le colgaban sobre la oreja izquierda.

Se levantaba el tasajo con el pulgar y el índice ennegrecidos de sangre y pólvora, sin saber muy bien qué hacer con aquello. De modo que Alatriste sacó un lienzo limpio de la faltriquera, y, tras ponerle como pudo la piel en su sitio, anudóselo en torno a la cabeza.

—Casi me avían esos gabachos, Diego.

—Será otro día.

Copons se encogió de hombros.

—Será.

Me incorporé tambaleante, mientras los soldados rehacían las hiladas, empujando afuera los cadáveres holandeses. Algunos aprovecharon para registrarlos muy por encima, despojándolos de cuanto botín les encontraban. Vi a Garrote usar la vizcaína sin el menor empacho para cortar dedos, embolsándose anillos, y a Mendieta procurarse un arcabuz nuevo.

—¡Cerrad filas! —bramó el capitán Bragado.

Los escuadrones holandeses volvían a formarse con tropas de refresco a cien pasos, y entre ellos brillaban los petos de su caballería. Así que nuestros soldados dejaron el despojo para luego y se alinearon de nuevo tocándose con los codos, mientras los heridos gateaban hacia atrás, saliéndose como podían de la línea. Fue necesario apartar también los muertos españoles para restablecer en su sitio la formación: el tercio no había retrocedido un palmo de terreno.

De ese modo pasamos entretenidos la mañana y nos entramos en el mediodía, aguantando cargas holandesas a pie quedo, apellidando Santiago y España cuando se nos venían muy encima, retirando a nuestros muertos y vendando sobre el terreno nuestras heridas hasta que los herejes, ciertos de que aquella muralla de hombres impasibles no pensaba moverse de su sitio en toda la jornada, empezaron a cargarnos con menos entusiasmo. Yo había agotado mi provisión de pólvora y balas, y pasaba el tiempo registrando cadáveres por hacer requisa. Algunas veces, aprovechando que los holandeses estaban más lejos entre asalto y asalto, adelantábame buen trecho a campo raso para proveerme en los despojos de sus propios arcabuceros, y varias hube de regresar corriendo como una liebre, con sus mosquetazos zurreándome las orejas. También agoté el agua con que socorría a mi amo y a sus camaradas —la guerra da una sed de mil diablos— e hice no pocos viajes al canal que teníamos a la espalda; un camino poco grato, pues estaba sembrado de todos nuestros heridos y moribundos que allí habíanse retirado, y aquello era desfilar por un muy triste escenario, horribles heridas, mutilaciones, muñones sangrantes, lamentos en todas las lenguas de España, estertores de agonía, plegarias, blasfemias, y latines del capellán Salanueva, que iba y venía con la mano cansada de repartir extremaunciones que, agotados los óleos, daba con saliva. Que los menguados que hablan de la gloria de la guerra y las batallas deberían recordar las palabras del marqués de Pescara: «*Que Dios me dé cien años de guerra y no un día de batalla*», o darse paseos como el que yo me di aquella mañana para conocer la verdadera trastienda, la tramoya del espectáculo de las banderas, y las trompetas, y los discursos inventados por bellacos y valentones de retaguardia; esos que salen de perfil en las monedas y en las estatuas sin haber oído jamás zumbar una bala, ni visto morir a los camaradas, ni mancharon nunca sus manos con sangre de un enemigo, ni corrieron nunca peligro de que les volaran los aparejos de un escopetazo en las ingles.

Aprovechaba yo mis idas y venidas al canal para echar vistazos al camino que venía del molino Ruyter y de Oudkerk, por si llegaba el socorro, pero siempre encontraba el camino vacío. Eso me permitía también abarcar la extensión del campo de batalla, con los holandeses enfrente y los dos tercios cerrándoles el paso a ambos lados del camino, el español a mi izquierda y el de Soest a la diestra. Todo era infinidad de destellos de acero, fogonazos de mosquetería, humo de pólvora y banderas entre tupidos bosques de picas. Hacían muy bien su deber nuestros camaradas valones, pero lo cierto es que llevaban la peor parte, estrechados muy de cerca por la arcabucería hereje y agrias cargas de caballos corazas. Cada vez, después de rechazar un nuevo asalto, se levantaban menos picas en el escuadrón; y aunque los de Soest eran gente de mucha honra y vergüenza, empezaban a debilitarse sin remedio. El mal lance era que si ellos se iban abajo, los holandeses podían adelantarse por su terreno para ganar espaldas al tercio de Cartagena, flanqueándolo y estorbándolo mucho, y el molino

Ruyter y el camino a Oudkerk y Breda estarían perdidos. Regresé a mi tercio con esa inquietud en el ánimo, y no me alentó pasar junto a nuestro maestre de campo, que con sus oficiales y entretenidos estaba a caballo en el centro del escuadrón. Un golpe de mosquete holandés se le había demorado en la coraza por venir cansado de lejos, haciéndole muy linda abolladura en el peto repujado milanés; pero amén de eso nuestro coronel parecía con buena salud, a diferencia de su corneta mayor, a quien habían matado de un tiro en la boca y ahora estaba en el suelo, a los pies de los caballos, sin que a nadie se le diera una higa. Vi que don Pedro de la Daga y su plana mayor observaban, ceños fruncidos, las castigadas filas de los valones. Hasta yo mismo, en mi bisoñez, comprendía que si se venían abajo los de Soest, los españoles, sin caballería que nos abrigase, no tendríamos otra que retroceder hacia el molino Ruyter para no ser flanqueados; con el ruin efecto que ver al tercio retirarse podía acarrear en tal lance. Que una cosa es el respeto y temor del enemigo cuando topa con un muro de hombres resueltos, y otra ver que éstos buscan menos reñir que su salud, aunque lo hagan despacio y sin perder las maneras. Y más en un tiempo en que los españoles teníamos tanta fama de crueldad en los asaltos como de orgullo e impavidez a la hora de morir, sin que hasta entonces casi nadie nos hubiese visto la color de las espaldas ni en pintura; con lo que valían parejas nuestras picas y nuestra reputación.

El sol se acercaba a su cenit cuando los valones, tras haber servido a su rey y a la verdadera religión con mucha decencia, se vinieron abajo. Una carga de caballos y la presión de la infantería holandesa terminó por deshilar sus filas, y desde este lado del camino vimos cómo, pese a los esfuerzos de sus oficiales, una parte se desmandaba hacia el molino Ruyter y otra, la más entera, se nos venía encima buscando resguardarse en nuestro cuadro. Con ellos venía su maestre don Carlos Soest, hecho un eccehomo, sin almete y con los dos brazos rotos por tiros de arcabuz, rodeado de oficiales que intentaban salvar las banderas. Casi nos desbarataron al venirse encima con tanto desorden; mas lo peor fue que tras ellos, a sus alcances, llegaban también los caballos y la infantería holandesa dispuestos a rematar faena del mismo tajo. Por ventura nuestra venían con el impulso del otro asalto, muy a la deshilada, probando suerte a ver si nos descomponíamos solos en la confusión. Pero ya dije que los del tercio de Cartagena eran soldados pláticos y se habían visto en otras; así que, sin apenas órdenes, tras dejar pasar a un número razonable de valones, las filas de nuestro flanco derecho se cerraron como si fueran de hierro, y arcabuces y mosquetes largaron una pavorosa escopetada que despachó, dos al precio de uno, buen golpe de rezagados del tercio de Soest y de holandeses que venían hiriéndolos por detrás.

—¡Calad picas a la derecha!

Sin apresurarse, con la sangre fría de su disciplina legendaria, las filas de coseletes de nuestro flanco giraron para dar cara a los holandeses. Luego apoyaron las contras de las picas en el suelo, afirmándolas con un pie, y dirigieron las cuchillas al frente sujetando el asta con la zurda, al tiempo que desenvainaban la espada con la diestra. Listos para desjarretar los caballos que se les venían encima.

—¡Santiago!… ¡España y Santiago!

Los holandeses se detuvieron como si diesen en un muro. El choque a la derecha del cuadro fue tan brutal que las largas astas se quebraron en pedazos clavadas en los caballos, trabadas con las enemigas, en una madeja de lanzas, espadas, dagas, cuchilladas y culatazos.

—¡Calad picas al frente!

Los herejes nos cargaban también por delante, saliendo otra vez de los bosques, ahora con la caballería avanzada y los coseletes detrás. Nuestros arcabuceros hicieron de nuevo su oficio con flema de infantería vieja, calando y tirando en buen orden, sin pedir pólvora ni balas a voces y sin descomponerse en absoluto; y vi que entre ellos Diego Alatriste soplaba la mecha, encaraba y hacía el punto para disparar muy en sazón. La escopetada dio con buen trozo de holandeses en tierra; pero el grueso aún llegó entero y sobrado, de modo que nuestras mangas de arcabuces, y yo con ellas, tuvieron que refugiarse entre las picas. En la confusión perdí de vista a mi amo, y sólo pude ver a Sebastián Copons, cuyo vendaje en la cabeza reforzaba su aspecto aragonés, meter mano con resolución a la espada. Algunos españoles descompuestos tornilleaban yéndose hacia atrás por entre los compañeros; que no siempre Iberia parió leones. Pero la mayoría aguantó firme. Las balas chascaban dando en carne a mi alrededor. Un piquero me salpicó de sangre y cayóme encima invocando en portugués a la Madre de Deus. Me zafé de él, aparté su lanza que me trababa las piernas, y vime zarandeado por el flujo y reflujo de las filas de hombres, entre sus ropas mugrientas y ásperas, el olor a sudor, a pólvora quemada y a sangre.

—¡Aguantad!… ¡España!… ¡España!

A nuestra espalda, tras las filas apretadas que protegían las banderas, el tambor redoblaba imperturbable. Chascaban más balas y caían más hombres, y cada vez se cerraban las filas sobre los huecos, y yo tropezaba con los cuerpos rudos armados de hierro a mi alrededor. Apenas veía nada de lo que pasaba delante, y empinábame sobre las puntas de los pies para mirar por encima de los hombros cubiertos de coletos y correajes, sobre los ajados sombreros, el acero de corazas y morriones, arcabuces, mosquetes, relucir de picas, alabardas y espadas. Me sofocaban el calor y la humareda de pólvora. Se me iba sin remedio la cabeza, y con los últimos restos de lucidez eché mano atrás, y desenvainé la daga.

—¡Oñate!… ¡Oñate! —grité con toda mi alma.

Un instante después, con crujido de astas, relinchos de monturas heridas y batir de aceros, los caballos corazas holandeses nos cayeron encima, y ya sólo Dios pudo reconocer a los suyos.

Capítulo VI

EL DEGÜELLO

A veces miro el cuadro, y recuerdo. Ni siquiera Diego Velázquez, pese a que le conté cuanto pude de todo aquello, fue capaz de reflejar en el lienzo —apenas se insinúa entre el fondo de humaredas y la bruma gris— el largo y mortal camino que todos hubimos de recorrer hasta componer tan majestuosa escena, ni las lanzas que se quedaron en ese camino sin ver levantarse el sol de Breda. Yo mismo, años después, aún había de ver ensangrentados los hierros de esas mismas lanzas en carnicerías como Nordlingen o Rocroi; que fueron, respectivamente, último relumbrar del astro español y terrible ocaso para el ejército de Flandes. Y de esas batallas, como de aquella mañana ante el molino Ruyter, recuerdo sobre todo los sonidos: gritos de los hombres, palilleo de picas, estrépito del acero contra el acero, golpes de las armas rasgando ropas, entrando en la carne, rompiendo huesos. Una vez, mucho después, Angélica de Alquézar me preguntó en tono frívolo si había algo más siniestro que el ruido de un azadón enterrando una patata.

Respondí sin vacilar que sí, que el chasquido de un acero hendiendo un cráneo; y la vi sonreír, mirándome fija y reflexiva con aquellos ojos azules que el diablo le concedió. Y luego alargó una mano y con los dedos me tocó los párpados que yo había tenido abiertos ante el horror, y la boca con la que tantas veces había gritado mi miedo y mi valor, y las manos que habían empuñado acero y derramado sangre. Y luego me besó con su boca amplia y cálida, y aún sonreía cuando lo hizo y cuando se apartó de mí. Y ahora que Angélica lleva muerta tanto como aquella España y aquel tiempo que narro, no puedo borrar de mi memoria esa sonrisa. La misma que aparecía en sus labios cada vez que hacía el mal, cada vez que ponía mi vida en peligro, o cada vez que besaba mis cicatrices. Alguna de las cuales, pardiez, como ya adelanté en otro sitio, hízome ella misma.

También recuerdo el orgullo. Entre los sentimientos que pasan por la cabeza, en el combate, cuéntanse el miedo, primero, y luego el ardor y la locura. Calan después en el ánimo del soldado el cansancio, la resignación y la indiferencia. Mas si sobrevive, y si está hecho de la buena simiente con que germinan ciertos hombres, queda también el punto de honor del deber cumplido. Y no hablo a vuestras mercedes del deber del soldado para con Dios o con el rey, ni del esguízaro con pundonor que cobra su paga; ni siquiera de la obligación para con los amigos y camaradas. Me refiero a otra cosa que aprendí junto al capitán Alatriste: el deber de pelear cuando hay que hacerlo, al margen de la nación y la bandera; que, al cabo, en cualquier nacido no suelen ser una y otra sino puro azar. Hablo de empuñar el acero, afirmar los pies y ajustar el precio de la propia piel a cuchilladas en vez de entregarla como oveja en matadero. Hablo de conocer, y aprovechar, que raras veces la vida ofrece ocasión de perderla con dignidad y con honra.

El caso es que busqué a mi amo. En medio de aquella furia, entre caballos desventrados que se pisoteaban las tripas, estocadas y pistoletazos, anduve de empujones a sobresaltos, daga en mano, llamando a gritos al capitán Alatriste. Por todas partes se mataba mucho y bien; mas nadie lo hacía ya por el rey, sino para no dar la existencia de barato. Las primeras filas de nuestro escuadrón eran una sarracina de españoles y holandeses que se acuchillaban con mucho encono abrazados unos a otros, y las bandas anaranjadas o rojas eran las únicas referencias a la hora de clavar hierro o apoyarse en el camarada hombro con hombro.

Ése fue mi primer combate de verdad, a la desesperada, contra todo aquel que se me antojaba enemigo. Yo había estado ya en malos lances, dado un pistoletazo a un hombre en Madrid, cruzado acero con Gualterio Malatesta, tomado por asalto la puerta de Oudkerk y escaramuzado un poco por todas partes, en Flandes; lo que para un mozo no resulta, voto a Dios, biografía baladí. Incluso momentos antes había rematado con mi daga al hereje malherido por el capitán Alatriste, y su sangre manchaba mi jubón. Pero nunca, hasta aquella carga holandesa, habíame visto como ahora me veía, sumido en tal locura, llegado al punto donde cuenta más el azar que el valor o la destreza. Dábanse todos buena maña en la pelea, bien trabados unos con otros, en tropel de hombres que pisoteaban muertos y heridos, acuchillándose muy en corto sobre la hierba ensangrentada, inútiles ya picas, arcabuces y casi las espadas, pues tajábase muy lindamente de daga y puñal, punteado todo ello por los tiros a bocajarro de pistola. Ignoro cómo pude mantenerme vivo a través de semejante escabechina; pero lo cierto es que, al cabo de unos instantes o de un siglo —hasta el tiempo había dejado de correr como era debido—, vime contuso, zarandeado y lleno a una de espanto y de coraje, junto al mismísimo capitán Alatriste y sus camaradas.

Por vida del rey que parecían lobos. Dentro del caos de las primeras filas, la escuadra de mi amo peleaba agrupada como un minúsculo cuadro, con los hombres de espaldas unos a otros; lanzando en torno golpes de espada y daga tan peligrosos que parecían dentelladas. Ellos no gritaban «España» o «Santiago» para darse ánimos, sino que se batían a diente prieto, reservando el aliento para despachar herejes; y a fe que hacíanlo a conciencia, pues tenían destripados buen golpe alrededor. Sebastián Copons seguía con su ensangrentado cachirulo en torno a la cabeza, Garrote y Mendieta blandían medias picas para tener a raya a los holandeses, y Alatriste empuñaba en una mano la daga y en la otra la espada, enrojecidas una y otra hasta los gavilanes. Completaban el grupo los hermanos Olivares y el gallego Rivas. En cuanto a José Llop, estaba en el suelo, muerto. Tardé en reconocer al mallorquín porque un arcabuzazo le había llevado media cara.

Diego Alatriste parecía sumido en algo que estuviera más allá de todo aquello. Había tirado el sombrero y su pelo revuelto y sucio le caía sobre la frente y las orejas. Tenía las piernas abiertas, como sujetas con clavos al suelo, y toda su energía y su cólera concentradas en los ojos, que brillaban enrojecidos, peligrosos, en la cara tiznada de pólvora. Movía las armas con calculada eficacia, a impulsos mortales que parecían disparados por resortes ocultos de su cuerpo. Paraba aceros y moharras de picas, daba tajos, y aprovechaba cada pausa para bajar las manos y descansar un poco antes de pelear de nuevo, como avaro que administrase el caudal de su energía. Me fui arrimando a él, pero ni siquiera hizo ademán de reconocerme; parecía lejos de allí, cual si estuviera al cabo de un largo camino y peleara sin mirar atrás, en el umbral mismo del infierno.

Yo tenía la mano entumecida, de apretarla en torno a la empuñadura de mi daga. Al cabo, de pura torpeza, ésta cayó al suelo y me agaché a recogerla. Me alzaba cuando unos holandeses se nos vinieron encima gritando con toda su alma, zumbaron varios mosquetazos y una buena nube de picas paloteó sobre mí. Sentí que caían hombres a mi alrededor, y asiendo la daga quise levantarme del todo, convencido de que era llegada mi hora. Noté entonces un golpe en la cabeza, ésta me dio vueltas, y ante mis ojos se proyectaron innumerables puntitos luminosos. Me desvanecí a medias, aferrando mi daga y dispuesto a llevármela allí adonde fuera; todo me daba ya igual, salvo que me encontrasen sin ella en la mano. Luego pensé en mi madre y recé. Padre nuestro, musitaba atropelladamente. *Gure Aita*, repetía una y otra vez en castellano y en vascuence, aturdido, incapaz de recordar el resto de la oración. En ese momento alguien me agarró por el jubón y me arrastró sobre la hierba y los muertos y los heridos. Tiré dos débiles golpes de daga a ciegas, creyendo habérmelas con un enemigo, hasta que sentí un pescozón y luego otro que me hicieron tener la mano tranquila. De pronto vime depositado dentro de un pequeño círculo de piernas y botas manchadas de lodo, entre la hierba, oyendo sobre mi cabeza los golpes de las armas, cling, chac, ris-ras, clunc, chas: siniestro concierto de acero, ropa y carne rasgada, huesos que se partían con chasquidos, sonidos guturales de gargantas que exhalaban furia, dolor, miedo y agonía. Y al fondo, tras las filas que aún permanecían firmes en torno a nuestras banderas, el redoble orgulloso, impasible, del tambor que seguía batiendo por la vieja y pobre España.

—¡Se retiran!… ¡Firme y a ellos!… ¡Se retiran!

El tercio había aguantado, con los hombres de las primeras filas muertos en su sitio, hasta el punto de que numerosos cadáveres mantenían la formación del comienzo de la batalla. Ahora sonaban trompetas y el redoble del tambor era más vivo, y había más tambores avanzando en nuestro socorro, y por el dique y el camino del molino Ruyter ondeaban las banderas y relucían las picas del socorro que al fin llegaba. Un escuadrón de herreruelos italianos que llevaban arcabuceros montados a la grupa pasó por nuestro flanco, con sus jinetes saludándonos al galope antes de cerrar contra los holandeses, que, bien trasquilados tras venir por lana, se retiraban muy rotos y en gentil desorden buscando salvación en los bosques. Y la vanguardia de nuestros camaradas, coseletes, picas secas y mosqueteros, a buen paso de carga, alcanzaba ya, rebasándolo, el lugar al otro lado del camino donde con no poca honra habíase hecho acuchillar el tercio valón de Soest.

—¡A ellos, a ellos!... ¡Cierra España!... ¡Cierra!

Clamaba victoria a voces nuestro campo, y los hombres que habían reñido durante toda la mañana en obstinado silencio gritaban ahora enardecidos apellidando a la Virgen Santísima y a Santiago, y los veteranos exhaustos bajaban las armas besando sus rosarios y medallas. Tocaba el tambor a degüello, sin compasión ni cuartel, iniciándose el alcance, la persecución al enemigo vencido, a fin de tomarle despojos y bagajes, y hacerle pagar bien caros nuestros muertos y la áspera jornada que nos había hecho pasar. Rompíanse ya las filas del tercio para correr tras los herejes, dando caza primero a los heridos y rezagados, quebrando cabezas, tajando miembros, degollando muy a mansalva y sin usar, en suma, de piedad con ninguno; que si dura resultaba la infantería española en el asalto y la defensa, crudelísima era siempre en la venganza. Tampoco italianos y valones se quedaban atrás, deseando muy fervientes estos últimos devolver la sangría sufrida en sus camaradas de Soest. Y el paisaje punteaba de millares de hombres corriendo a la deshilada, matando y rematando, saqueando a los heridos y a los muertos que yacían por todas partes, tan acuchillados que a veces la mayor tajada intacta era la oreja.

Diéronse a ello, como el resto, el capitán Alatriste y sus camaradas, tan en caliente como vuestras mercedes pueden suponer; y fuiles yo a los alcances, aún aturdido por la refriega y con una contusión en la cabeza del tamaño de un huevo, pero gritando enardecido como el que más. Por el camino, del primer muerto enemigo que vi a mano híceme con un muy bizarro estoque corto de Solinguen, y enfundando la daga anduve dando mojadas de buena hojarasca alemana en cuanto vivo o muerto hube por delante, como quien punza morcones. Aquello era al mismo tiempo matanza, juego y locura, y la batalla habíase tornado matadero de novillos ingleses y carnicería de tajadas flamencas. Algunos ni se defendían, como el grupo que alcanzamos chapoteando hasta la cintura en una turbera y allá les fuimos todos encima, haciendo almadraba de calvinistas, envasándoles aceros y apuñalando de diestra a siniestra, sin hacer caso a sus súplicas ni a sus manos alzadas pidiendo misericordia, hasta que el agua negruzca se puso toda roja y flotaron en ella como atunes hechos pedazos.

Se mató mucho, pues teníamos dónde; y habiendo tantos no podían degollarse pocos. La cacería fue de una legua y duró hasta el anochecer, y para entonces ya se habían sumado a ella mis camaradas mochileros, los campesinos de las cercanías que no conocían otro bando que el de su codicia, y hasta algunas cantineras, daifas y vivanderos que iban llegando de Oudkerk atraídos al olor del botín. Avanzaban tras los soldados, rapiñando cuanto quedaba, bandada de cuervos que no dejaba sino cadáveres desnudos a su paso. Yo seguí el alcance con la vanguardia, sin sentir el cansancio de la jornada, como si la furia y el deseo de venganza me diesen fuerzas para continuar hasta el fin del mundo. Estaba —que Dios me perdone si le place— ronco de gritar y tinto en sangre de aquellos desgraciados. El crepúsculo rojizo se cerraba sobre casares incendiados al otro lado del bosque, y no había canal, ni sendero, ni camino sobre dique, donde no se amontonaran muertos y más muertos. Nos detuvimos al fin, exhaustos, en un pequeño lugar de cinco o seis casas donde hasta los animales fueron pasados a cuchillo. Un grupo de rezagados se había hecho fuerte allí, y acabar con ellos llevóse los últimos momentos de luz. Por fin, al resplandor rojizo de los tejados que ardían, fuimos sosegándonos poco a poco, llenas las faltriqueras de botín, y los hombres empezaron a dejarse caer aquí y allá, asaltados de pronto por inmensa fatiga, respirando cual bestias agotadas. Sólo el menguado sostiene que la victoria es alegre: vuelto poco a poco el seso, callábamos todos evitando mirarnos, como avergonzados de nuestros cabellos erizados y sucios, los rostros negros, crispados, los ojos enrojecidos, la costra de sangre que cubría ropas y armas. Ahora el único sonido era el chisporroteo del fuego y el crujir de las vigas que se venían abajo entre las llamas, y algunos gritos y tiros que sonaban alrededor, en la noche, disparados por quienes seguían adelante con la matanza.

Fui a sentarme en cuclillas, dolorido y maltrecho, junto al muro de una casa, la espalda apoyada en la pared.

El aire me hacía lagrimear, respiraba con dificultad y reventaba de sed. Al resplandor del fuego vi que Curro Garrote anudaba un hato con anillos, cadenas y botones de plata cogidos a los muertos. Mendieta estaba tumbado boca abajo, y se le habría creído tan fiambre como a los holandeses tirados por aquí y por allá, de no oír sus feroces ronquidos. Había otros españoles sentados en grupos o solos, y creí reconocer entre ellos al capitán Bragado con un brazo en cabestrillo. Poco a poco empezaron los comentarios en voz baja, las preguntas por el paradero de este o aquel camarada. Uno preguntó por Llop y le respondió el silencio. Algunos hacían fogatas para asar trozos de carne que habían cortado de los animales muertos, y en torno a esos fuegos fueron congregándose muy lentamente los soldados. A poco se hablaba ya en voz alta, y luego uno dijo algo, un comentario o una chanza, que tuvo como respuesta una carcajada. Recuerdo la profunda impresión que me hizo aquello, pues llegué a creer, después de semejante jornada, que la risa de los hombres habíase extinguido para siempre de la faz del mundo.

Volvíme hacia el capitán Alatriste, y vi que me miraba. Estaba sentado contra la pared a unos pasos de mí, flexionadas las piernas y con los brazos alrededor de las rodillas, y aún conservaba su arcabuz. Sebastián Copons se tenía a su lado, apoyada la cabeza en la pared, cruzada la espada entre las piernas, la cara cubierta por una costra parda y el cachirulo echado hacia el cogote, descubriéndole la herida de la sien. Sus perfiles se recortaban a contraluz en el resplandor de una de las casas que ardían más allá, iluminados a intervalos con el vaivén de las llamas. Los ojos de Diego Alatriste, relucientes por el reflejo del incendio, me observaban con una suerte de cavilosa fijeza, como si pretendieran leer algo en mi interior. Yo estaba al tiempo avergonzado y orgulloso, agotado y con la energía batiéndome el corazón, horrorizado, triste, amargo y feliz por estar vivo; y juro a vuestras mercedes que todas esas sensaciones y sentimientos, y muchos más, pueden albergarse a la vez tras una batalla. El capitán seguía mirándome en silencio, más escrutador que otra cosa, hasta el punto de que terminé por sentirme incómodo; había esperado elogios, una sonrisa de ánimo, algo que confirmase su estimación por haberme conducido como hombre cuajado de arriba abajo. Por eso me desconcertaba aquella observación en la que nada podía adivinar salvo la imperturbable fijeza de otras ocasiones; gesto, o ausencia de él, que yo no podía penetrar jamás, ni pude hacerlo hasta que pasó mucho tiempo, y muchos años; y un día, ya hombre hecho y derecho, sorprendí en mí, o creí adivinarme, esa misma mirada.

Incómodo, decidí hacer algo que rompiese la situación. Así que enderecé mi cuerpo dolorido, puse el estoque alemán al cinto, junto a la daga, y me incorporé.

—¿Busco algo de comer y beber, capitán?

La luz de las llamas le bailaba en la cara. Tardó unos instantes en responder, y cuando lo hizo fue limitándose a mover afirmativamente su perfil aguileño, prolongado bajo el espeso mostacho. Luego se quedó mirando cómo yo volvía la espalda e íbame detrás de mi sombra.

A través de una ventana, el incendio de afuera iluminaba de rojo las paredes. Todo estaba revuelto en la casa: muebles rotos, cortinas chamuscadas por el suelo, cajones boca abajo, enseres desordenados. Crujían mis pies al pisar todo aquello cuando anduve arriba y abajo en busca de una alacena o una despensa que aún no hubieran visitado nuestros rapaces camaradas. Recuerdo la tristeza inmensa que se desprendía de aquella vivienda saqueada y a oscuras, ausentes las vidas que habían dado calor a sus estancias; desolación y ruina que en otro tiempo fue hogar donde sin duda había reído un niño, o donde alguna vez dos adultos intercambiaron gestos de ternura, o palabras de amor. Y así, la curiosidad de quien zascandilea a sus anchas por un recinto que en lo común le está vedado fue dando paso, en mi ánimo, a una desolación creciente. Imaginaba mi propia casa en Oñate, desalojada por la guerra; en fuga o tal vez algo peor mi pobre madre y mis hermanillas, holladas sus habitaciones por algún joven extranjero que, como yo, veía esparcidas por el suelo, rotas, quemadas, las humildes trazas de nuestros recuerdos y nuestras vidas. Y con el egoísmo que es natural en el soldado, me alegré de estar en Flandes y no en España. Pues aseguro a vuestras mercedes que, en negocio de guerra, siempre es de algún consuelo que la desgracia la sufran extraños; que en tales lances resulta envidiable quien a nadie tiene en el mundo, y no arriesga otro afecto que la propia piel.

Nada hallé que mereciese la pena. Me detuve un momento a orinar contra la pared, y disponíame a salir de allí mientras abrochaba el calzón cuando algo me detuvo con sobresalto. Estuve quieto un instante, escuchando, hasta que volví a oírlo de nuevo. Era un gemido bajo y prolongado; un lamento débil que sonaba al fondo de un pasillo estrecho, lleno de escombros. Habríase tomado por el de un animal que sufriera, de no templarlo a veces entonaciones casi humanas. Así que desenvainé mi daga con tiento —en tales angosturas, el estoque no era manejable— y me acerqué pegado a la pared, muy poco a poco, en averiguación de aquello.

El incendio de afuera iluminaba media habitación, proyectando sombras de contornos rojizos en una pared de la que pendía un tapiz roto a cuchilladas. Bajo el tapiz, en el suelo y con la espalda apoyada en el ángulo que formaban la pared y un armario desvencijado, había un hombre. Las llamas reflejadas en el acero de su peto revelaban la condición de soldado, e iluminaban un pelo rubio y largo, revuelto, sucio de lodo y de sangre, unos ojos muy descoloridos y una terrible quemadura que le tenía todo un lado de la cara en carne viva. Estaba inmóvil, fijos los ojos en la claridad que entraba por la ventana, y salía de sus labios entreabiertos aquel lamento que yo había oído desde el pasillo; un gemido apagado y constante en el que, a veces, intercalaba palabras incomprensibles en lengua extranjera.

Fuime a él despacio, ojo avizor, sin soltar la daga y bien atento a sus manos, por si empuñaba algún arma. Pero aquel desgraciado no estaba en condiciones de empuñar nada. Parecía un viajero sentado a la orilla del río de los muertos; alguien a quien el barquero Caronte hubiese dejado atrás, olvidado, en un penúltimo viaje. Me estuve un rato en cuclillas junto a él, observándolo con curiosidad, sin que pareciese reparar en mi presencia. Siguió mirando la ventana, inmóvil, con su quejido interminable y sus palabras incompletas y extrañas, incluso cuando le toqué el brazo con la punta de mi daga. Su rostro era una representación espantosa de Jano: un lado razonablemente intacto, y el otro convertido en un amasijo de carne quemada y rota, entre la que brillaban minúsculas gotas de sangre. Sus manos también parecían carbonizadas. Yo había visto varios holandeses muertos en los establos en llamas de la parte de atrás de la casa, e imaginé que ése, herido en la refriega, se había arrastrado entre los tizones encendidos para refugiarse allí.

—*Flamink?* —pregunté.

No respondió sino con su interminable gemido. Al cabo de un rato de observarlo concluí que se trataba de un hombre joven, no mucho mayor que yo. Y por el peto y la ropa, uno de los jinetes de caballos corazas que nos habían estado cargando por la mañana, frente al molino Ruyter. Quizá hasta habíamos peleado cerca uno del otro cuando holandeses e ingleses intentaban romper el cuadro y los españoles reñíamos a la desesperada por nuestras vidas. La guerra, razoné, tenía extrañas idas y venidas, curiosos vaivenes de la fortuna. Sin embargo, apaciguado tras el horror de la jornada y el alcance de los fugitivos, yo no sentía ya hostilidad ni rencor. Muchos españoles había visto morir aquel día, pero aún más enemigos. De momento mi balanza estaba pareja, aquél era un hombre indefenso, y yo iba saciado de sangre. Así que envainé mi daga. Luego salí afuera, con el capitán Alatriste y los otros.

—Hay un hombre dentro —dije—. Un soldado.

El capitán, que no había cambiado de postura desde mi marcha, apenas levantó la mirada.

—¿Español u holandés?

—Holandés, creo. O inglés. Y está malherido.

Alatriste asintió lentamente con la cabeza, cual si a tales alturas de la noche lo extraño hubiera sido toparse con un hereje vivo y con buena salud. Luego encogió los hombros, como preguntándome por qué iba a contarle aquello.

—Pensé —sugerí— que podríamos ayudarlo.

Ahora me miró por fin. Lo hizo muy despacio, y vi girar su rostro en el contraluz del fuego cercano.

—Pensaste —murmuró.

—Sí.

Aún estuvo un rato quieto, mirándome. Luego se volvió a medias hacia Sebastián Copons, que seguía a su lado, la cabeza apoyada en la pared, sin abrir la boca, su ensangrentado cachirulo siempre hacia el cogote. Alatriste cambió con él una ojeada breve y después me observó de nuevo. Oí crepitar las llamas en el largo silencio.

—Pensaste —repitió, absorto.

Se puso en pie dolorido, cual si le costara desentumecer los huesos. Parecía de mala gana y muy cansado. Vi que Copons se levantaba tras él.

—¿Dónde está?

—En la casa.

Los guié por las habitaciones y el pasillo hasta el cuarto de atrás. El hereje seguía inmóvil entre el armario y la pared, gimiendo en voz muy baja. Alatriste se detuvo en el umbral y le echó un vistazo antes de acercarse.

Después se inclinó un poco más y lo estuvo observando otro rato.

—Es holandés —concluyó al fin.

—¿Podemos socorrerlo? —pregunté.

La sombra del capitán Alatriste estaba ahora inmóvil en la pared.

—Claro.

Sentí que Sebastián Copons pasaba por mi lado. Sus botas crujieron sobre la loza rota del suelo mientras se acercaba al herido. Entonces Alatriste vino hacia mí, y Copons echó mano a los riñones y sacó la vizcaína.

—Vámonos —me dijo el capitán.

Me resistí a la presión de su mano en mi hombro, estupefacto, viendo cómo Copons apoyaba la daga en el cuello del holandés y lo degollaba de oreja a oreja. Alcé el rostro, estremecido, para encontrar la faz oscura de Alatriste. No veía su mirada, aunque la supe fija en mí.

—Estaba… —empecé a decir, balbuceante.

Callé de pronto, pues las palabras se me antojaron de golpe inútiles. Hice un ademán de rechazo, irreflexivo, para sacudirme del hombro la mano del capitán; pero ésta se mantuvo firme, aferrándomelo. Copons se incorporaba ya con mucha flema, y tras limpiar la hoja de la daga en la ropa del otro, la devolvía a la funda. Luego pasó por nuestro lado y fuese pasillo adelante, sin decir esta boca es mía.

Giré con brusquedad, sintiendo al fin mi hombro libre. Después di dos pasos en dirección al joven que ahora estaba muerto. Nada era distinto en la escena, salvo que su lamento había cesado, y que por la gola de la coraza le descendía un velo oscuro, espeso y reluciente, cuyo rojo se fundía con el resplandor del incendio en la ventana. Parecía aún más solo que antes; una soledad tan estremecedora que produjo en mí una pena intensa, hondísima, como si fuera yo mismo, o tal vez parte de mí, quien estuviera en el suelo, la espalda contra la pared, los ojos quietos y abiertos mirando la noche. Sin duda, pensé, hay alguien en alguna parte que aguarda el regreso de este que ya no irá a sitio alguno. Tal vez haya una madre, una novia, una hermana o un padre que rezan por él, por su salud, por su vida, por su regreso. Tal vez hay una cama en la que durmió de niño y un paisaje que lo vio crecer. Y nadie en ese lugar sabe todavía que él está muerto.

Ignoro cuánto seguí allí quieto, mirando el cadáver. Pero al cabo escuché pasos, y sin necesidad de volverme supe que el capitán Alatriste había permanecido todo el tiempo a mi lado. Sentí el olor familiar, áspero, a sudor, cuero y metal de sus ropas y avíos militares. Y luego, la voz.

—Un hombre sabe cuándo ha llegado al final... Ése lo sabía.

No respondí. Seguía contemplando el cuerpo degollado. Ahora la sangre formaba una inmensa mancha oscura bajo las piernas extendidas. Es increíble, me dije, la cantidad de sangre que tenemos en el cuerpo: al menos dos o tres azumbres. Y lo fácil que resulta vaciarlos.

—Es cuanto podíamos hacer por él —añadió Alatriste.

Tampoco ahora respondí, y estuvo buen espacio sin decir nada más. Por fin lo oí moverse. Aún siguió un instante cerca de mí, como si dudara entre hablarme otra vez o no; cual si entre los dos quedasen infinidad de palabras no dichas, que si él salía de allí sin pronunciar ya no se dirían nunca. Pero permaneció callado; y al cabo, sus pasos empezaron a alejarse hacia el pasillo.

Fue entonces cuando me revolví. Sentía una cólera sorda y tranquila, que jamás había conocido hasta esa noche. Una cólera desesperada, amarga como los silencios del propio Alatriste.

—¿Quiere decir vuestra merced, capitán, que acabamos de hacer una buena obra?... ¿Un buen servicio?

Nunca antes le había hablado en ese tono. Los pasos se detuvieron y la voz de Alatriste sonó extrañamente opaca. Imaginé sus ojos claros en la penumbra, mirando absortos el vacío.

—Cuando llegue el momento —dijo— ruega a Dios que alguien te lo haga a ti.

Así fue como ocurrió todo, la noche en que Sebastián Copons degolló al holandés herido y yo aparté de mi hombro la mano del capitán Alatriste. Y así fue también como franqueé, sin apenas darme cuenta, esa extraña línea de sombra que todo hombre lúcido termina cruzando tarde o temprano. Allí, solo y de pie ante el cadáver, empecé a mirar el mundo de modo muy diferente. Y vime en posesión de una verdad terrible, que hasta ese instante sólo había sabido intuir en la mirada glauca del capitán Alatriste: quien mata de lejos lo ignora todo sobre el acto de matar. Quien mata de lejos ninguna lección extrae de la vida ni de la muerte: ni arriesga, ni se mancha las manos de sangre, ni escucha la respiración del adversario, ni lee el espanto, el valor o la indiferencia en sus ojos. Quien mata de lejos no prueba su brazo ni su corazón ni su conciencia, ni crea fantasmas que luego acudirán de noche, puntuales a la cita, durante el resto de su vida. Quien mata de lejos es un bellaco que encomienda a otros la tarea sucia y terrible que le es propia.

Quien mata de lejos es peor que los otros hombres, porque ignora la cólera, y el odio, y la venganza, y la pasión terrible de la carne y de la sangre en contacto con el acero; pero también ignora la piedad y el remordimiento. Por eso, quien mata de lejos no sabe lo que pierde.

Capítulo VII

EL ASEDIO

D e Íñigo Balboa a don Francisco de Quevedo Villegas ❧ A su atención en la taberna del Turco ❧ En la calle de Toledo, junto a la Puerta Cerrada de Madrid.

Querido don Francisco:

Escribo a vuestra merced por deseo del capitán Alatriste, para que veáis, dice, los progresos que hago en la escritura. Excusad por tanto las faltas. Os diré que sigo adelante con mis lecturas, en lo posible, y aprovecho para practicar buena letra cuando tengo ocasión. En ratos de ocio, que en la vida del mochilero y en la del soldado son tantos o más que los otros, aprendo del padre Salanueva las declinaciones y los verbos en latín. El padre Salanueva es capellán de nuestro tercio, y en palabras de los soldados dista muchas leguas de ser un santo varón; pero tiene cuentas pendientes con mi amo o le debe favores. *El caso es que me trata con afición y dedica el tiempo que está sobrio (es de los que beben más de lo que consagran) a mejorar mi educación con ayuda de unos* Comentarios *de César y libros religiosos como el* Antiguo y el Nuevo Testamento. *Y hablando de libros, debo agradecer a vuestra merced el envío de* El *ingenioso caballero* don Quijote de la Mancha, *segunda parte de* El *ingenioso* hidalgo, *que estoy leyendo con tanto gusto y aprovechamiento como la primera.*

En cuanto a nuestra vida en Flandes, sabrá v.m. que ha experimentado algún cambio en los últimos tiempos. Con el invierno se acabó también el estar de guarnición a lo largo del canal Ooster. El tercio viejo de Cartagena se encuentra ahora bajo los mismos muros de Breda, participando en el asedio. Es vida dura, pues los holandeses están muy gentilmente fortificados, y todo es zapa y contrazapa, mina y contramina, trinchera y contratrinchera, de modo que nuestras fatigas se asemejan más a las de topos que a las de soldados. Eso causa incomodidades, suciedad, tierra y piojos a más no poder. Es además trabajo muy expuesto por las salidas y ataques que hacen desde la plaza y el fuego constante de arcabucería. Las murallas de la villa no son de ladrillo sino de tierra. Eso dificulta hacer escarpa para el asalto con el batir de nuestra artillería. Se sustentan con quince baluartes bien protegidos y fosos con catorce revellines, tan bien concertado todo que murallas, baluartes, revellines, reparos y fosos se defienden unos a otros con tanta fortuna que cada aproximación de los nuestros es dificultosa y cuesta trabajos y vidas. Defiende la ciudad el holandés Justino de Nassau, pariente del otro Nassau, Mauricio.

Y cuéntase que tiene dentro franceses y valones en la puerta de Ginneken, ingleses en la de Bolduque y flamencos y escoceses en la de Amberes. Todos ellos pláticos en cosas de la guerra, de manera que no es posible tomar la villa por asalto. De ahí la necesidad del cerco paciente que, con mucho esfuerzo y sacrificio, mantiene nuestro general don Ambrosio Spínola con quince tercios de naciones católicas. Son entre ellos los españoles, como suelen, el menor número, pero también los que se emplean siempre en las tareas de peligro que requieren gente plática y disciplinada.

Maravillaría a vuestra merced ver con sus ojos las obras de asedio y la invención con que éstas han sido hechas. Seguro que son asombro de la Europa entera, pues cada aldea y fuerte alrededor de la villa están unidas por trincheras y baluartes, para impedir las salidas de los sitiados y para evitar les venga socorro de afuera. En nuestro campo hay semanas enteras que se usan más el pico y la zapa que la pica y el arcabuz.

El país es llano, con prados y árboles, escaso de vino, con agua mala y doliente, y se ve muy ruin y desprovisto por la guerra, de modo que el bastimento escasea. Cuesta una medida de trigo ocho florines, cuando se la encuentra. Hasta la simiente de nabos está por las nubes. Los villanos y vivanderos de los pueblos cercanos no osan, si no es a hurtadillas, traer cosa alguna a nuestro campo. Algunos soldados españoles, que tienen en menos la reputación que el hambre, comen la carne de los caballos muertos, que es miserable alimento. Los mochileros salimos a forrajear a veces muy lejos y hasta en tierras enemigas, expuestos a la caballería hereje, que a veces nos coge a la gente derramada o nos acuchilla muy a su gusto.

Yo mismo heme visto no pocas veces fiando mi salud a la velocidad de mis piernas. La carestía es grande, como digo, tanto en nuestras trincheras como dentro de la ciudad. Eso juega en nuestro beneficio y en el de la verdadera religión, pues franceses, ingleses, escoceses y flamencos de los que guarnecen la villa, acostumbrados a vida de más deleite, sufren peor el hambre y las privaciones que los de nuestro campo, y en especial que los españoles. Que aquí es casi toda gente vieja muy hecha a sufrir en España y a pelear fuera de ella, sin otro socorro que un mendrugo de pan duro y un poco de agua o vino para ir tirando.

En cuanto a nuestra salud, yo estoy bien. Mañana cumplo quince años y he crecido algunas pulgadas más. El capitán Alatriste sigue como siempre, con pocas carnes en el cuerpo y pocas palabras en la boca. Pero las privaciones no parecen afectarlo demasiado. Tal vez porque, como él dice (torciendo el bigote en una de esas muecas suyas que podrían tomarse por una sonrisa), anduvo escaso la mayor parte de su vida, y a todo se hace hábito el soldado, y en especial a la miseria. Ya sabéis que es hombre poco dado a tomar la pluma y a escribir cartas. Pero me encarga os diga que agradece las vuestras. También me encarece os salude con toda su consideración y todo su afecto. También que transmitáis lo mismo a los amigos de la taberna del Turco y a la Lebrijana.

Y una última cosa. Sé por el capitán que v.m. frecuenta palacio en los últimos tiempos. En ese caso, es posible que alguna vez encuentre a una niña, o jovencita, llamada Angélica de Alquézar, que sin duda ya conoce. Era, y tal vez lo siga siendo, menina de su majestad la reina. En tal caso quisiera pediros un servicio muy particular. Que si veis llegada y oportuna la ocasión, le digáis que Íñigo Balboa está en Flandes sirviendo al rey nuestro señor y a la santa fe católica, y que ya ha sabido batirse honrosamente como español y como soldado.

Si hacéis eso por mí, querido don Francisco, será aún mayor la afición y amistad que siempre os profeso.

Que Dios os guarde y nos guarde a todos.

Íñigo Balboa Aguirre
(Fechado bajo las murallas de Breda, el primer día de abril de mil seiscientos veinte y cinco)

Desde la trinchera podía oírse cavar a los holandeses. Diego Alatriste pegó la oreja a uno de los maderos hincados en el suelo para sostener las fajinas y cestones de la zanja, y una vez más escuchó el amortiguado ris-ras que venía de las entrañas de la tierra. Hacía una semana que los de Breda trabajaban noche y día para cortar el paso a la trinchera y al subterráneo que los atacantes dirigían hacia el revellín que llamaban del Cementerio. De ese modo, palmo a palmo, éstos avanzaban con la mina y aquéllos con la contramina, dispuestos unos a hacer estallar varios barriles de pólvora bajo las fortificaciones holandesas, y empeñados los otros en hacer muy lindamente lo mismo bajo los pies de los zapadores del rey católico. Todo era cuestión de trabajo y rapidez. De quién cavara más deprisa y llegase antes a encender sus mechas.

—Maldito animal —dijo Garrote.

Se tenía con la cabeza gacha y el ojo atento, muy a lo suyo, apostado tras los cestones con el mosquete apuntado entre unas tablas que le servían de aspillera, la mecha calada y humeando. Arrugaba la nariz, asqueado. El dicho maldito animal era una mula que llevaba tres días muerta bajo el sol a pocas varas de la trinchera, en tierra de nadie. Se había escapado del campo español, con tiempo para darse un gentil garbeo entre unos y otros antes de que un mosquetazo procedente de la muralla, zas, la dejase allí tendida patas arriba. Ahora hedía, hecha un zumbidero de moscas.

—Mucho tardas y holandés no tienes —comentó Mendieta.

—Casi lo tengo.

Mendieta estaba sentado en el fondo de la zanja, a los pies de Garrote, despiojándose con solemne minuciosidad vascongada —en las trincheras, no contentos con vivir a su gusto en nuestro pelo y harapos, los piojos salían a hacer la rúa con mucha flema—. El vizcaíno había hablado sin excesivo interés, atento a su tarea. Tenía la barba crecida y la ropa hecha jirones y sucia de tierra, como cuantos estaban allí, incluido el propio Alatriste.

—¿Verlo puedes, o así?

Garrote movía la cabeza. Se había quitado el sombrero para ofrecer menos blanco a los de enfrente. Su pelo rizado y grasiento se recogía en la nuca en una coleta sucia.

—Ahora no, pero de vez en cuando asoma… La próxima lo avío, al hideputa.

Echó Alatriste un vistazo breve por encima del parapeto, procurando cubrirse entre las tablas y las fajinas.

El holandés era quizás uno de los gastadores que trabajaban en la boca del túnel, a unas veinte varas por delante. Hiciera lo que hiciese, sus movimientos lo descubrían un poco, no demasiado, apenas la cabeza; pero suficiente para que Garrote, opinado como buen tirador, le fuera cogiendo el punto, sin prisas, hasta ponerlo en suerte. El malagueño, hombre de toma y daca, quería corresponder al detalle de la mula.

Había docena y media de españoles en la trinchera, una de las más avanzadas, que zigzagueaba a escasa distancia de las posiciones holandesas. La escuadra de Diego Alatriste pasaba allí dos semanas de cada tres, con el resto de la bandera del capitán Bragado repartido por las zanjas y fosos cercanos, situados todos ellos entre el revellín del Cementerio y el río Merck, a dos tiros de arcabuz de la muralla principal y la ciudadela de Breda.

—Ahí está el hereje —murmuró Garrote.

Mendieta, que acababa de encontrar un piojo y lo miraba con curiosidad familiar antes de aplastarlo entre los dedos, alzó un momento la vista, interesado.

—¿Holandés tienes?

—Lo tengo.

—Al infierno envía, pues.

—En eso estoy.

Tras pasarse la lengua por los labios, Garrote había soplado la mecha y ahora encaraba cuidadosamente el mosquete, entornando el ojo izquierdo; su índice acariciaba el gatillo como si fuera el pezón de una daifa de a medio ducado. Asomándose un poco más, Alatriste tuvo la visión fugaz de una cabeza descubierta que se destacaba mal precavida en la trinchera holandesa.

—Otro que muere en pecado mortal —oyó decir muy despacio a Garrote.

Luego sonó el tiro, y con el fogonazo de pólvora chamuscada Alatriste vio desaparecer de golpe la cabeza de enfrente. Después se oyeron gritos de furia, y tres o cuatro escopetadas levantaron tierra en el parapeto español. Garrote, que se había dejado caer de nuevo abajo en la trinchera, reía entre dientes, el mosquete humeante entre las piernas. Afuera sonaban más tiros e insultos voceados en flamenco.

—Que se jodan —dijo Mendieta, localizando otro piojo.

Sebastián Copons abrió un ojo y lo volvió a cerrar. El mosquetazo de Garrote le había interrumpido la siesta que dormía al pie del parapeto, con la cabeza apoyada en una manta mugrienta. También los hermanos Olivares asomaron sus hirsutas cabezas de turcos por un recodo de la trinchera, curiosos. Alatriste se había agachado hasta quedar sentado, la espalda contra el terraplén. Luego metió la mano en la faltriquera, en busca de un trozo de pan de munición negro y duro que allí guardaba desde el día anterior. Se lo llevó a la boca, humedeciéndolo con saliva antes de masticar poco a poco. Con el olor de la mula muerta y el aire viciado de la zanja no resultaba manjar exquisito; pero tampoco había dónde elegir, e incluso aquel simple chusco era un festín de Baltasar. Nadie traería nueva provisión hasta la noche, con el amparo de la oscuridad. Demasiado expuesto, de día.

Mendieta dejaba moverse el nuevo piojo por el dorso de su mano. Por fin, cansado del juego, lo aplastó de un manotazo. Garrote limpiaba con la baqueta el caño del arcabuz, todavía caliente, tarareando una tonada italiana.

—Quién estuviera en Nápoles —dijo al cabo de un rato, con una sonrisa blanca en su atezada cara de moro.

Todos estaban al tanto de que Curro Garrote había servido dos años en el tercio de Sicilia y cuatro en el de Nápoles, viéndose obligado a cambiar de aires tras varios lances poco claros que incluían mujeres, cuchilladas, robos nocturnos con escalo y alguna muerte, una temporada forzosa en la cárcel de Vicaría y otra voluntaria acogido en la iglesia de la Capela, por dar cumplimiento a aquello de:

> *A quien me dejó la capa*
> *y huyendo de mí se escapa,*
> *¿qué puede Justicia hacer,*
> *si con infame poder*
> *se puso en tierra del Papa?*

El caso era que entre una cosa y otra, Garrote había tenido tiempo para recorrer con las galeras del rey nuestro señor la costa de Berbería y las islas de oriente, asolando tierra de infieles y desvalijando caramuzales y bajeles turcos. En aquellos años, afirmaba, había reunido botín suficiente para retirarse sin apuros. Y así lo habría hecho de no habérsele cruzado demasiadas hembras y ser él mismo harto aficionado al naipe; que a la vista de Juan Tarafe o de una descuadernada, el malagueño era de los que tallan fuerte y son capaces de jugarse el sol antes de que salga.

—Italia —repitió en voz baja, con la mirada perdida y la villana sonrisa todavía en la boca.

Lo había dicho como quien pronuncia un nombre de mujer, y el capitán Alatriste comprendía bien por qué. Aunque sin pregonarlo con tantos rumbos como Garrote, también él tenía sus recuerdos italianos, que en una trinchera de Flandes se le antojaban aún más gentiles si cabe. Como todos los veteranos de allá, añoraba aquella tierra; o tal vez lo que de veras añoraba era su juventud bajo el cielo azul y generoso del Mediterráneo. A los veintisiete años, después de obtener la baja en su tercio tras la represión de los moriscos rebeldes de Valencia, habíase alistado en el de Nápoles y peleado contra turcos, berberiscos y venecianos. Sus ojos vieron arder la escuadra infiel frente a la Goleta con las galeras de Santa Cruz, las islas del Adriático con el capitán Contreras, y también teñirse de sangre española el fatídico esguazo de las Querquenes; de donde, socorrido por un compañero de nombre Diego Duque de Estrada, había salido llevando a rastras al joven y malherido Álvaro de la Marca, futuro conde de Guadalmedina. Durante aquellos años de mocedad, los golpes de fortuna y las delicias de Italia habían alternado con no pocos trabajos y peligros; aunque ninguno pudo agriar el dulce recuerdo de los emparrados en las suaves laderas del Vesubio, los camaradas, la música, el vino de la taberna del Chorrillo y las mujeres hermosas. Entre cal y arena, el año trece su galera resultó capturada en la boca del canal de Constantinopla, con media gente hecha pedazos y acribillada de saetas turcas hasta la gavia; y él mismo, herido en una pierna, viose liberado cuando la nave donde lo llevaban cautivo resultó apresada a su vez. Dos años más tarde, el quince del siglo y recién cumplida Alatriste la edad de

Cristo, había sido uno de los mil y seiscientos españoles e italianos que, con una flota de cinco barcos, asolaron durante cuatro meses las costas de Levante, desembarcando luego en Nápoles con rico botín. Allí, una vez más, la rueda de la Fortuna giróle cabeza abajo. Una mujer trigueña, medio italiana y medio española, de cabos negros y ojos de buen tamaño, de esas que dicen asustarse al ver un ratón pero se huelgan de topar con media compañía de arcabuceros, había empezado por pedir la regalara con ciruelas de Génova, luego con una gargantilla de oro y a la postre con vestidos de seda; y acabó, como suelen, por calzarse hasta el último maravedí. Luego el lance se adobó al estilo de las comedias de Lope, con una visita a deshora y otro fulano en camisa y donde no debía. Lo del prójimo en camisa quitó crédito a las protestas de la miñona, que sin empacho lo apellidaba de primo; aunque más que primo a secas diríase primo carnal. Además Diego Alatriste ya no tenía edad para caerse del guindo. De manera que, tras una mejilla de la mujer cruzada por linda cuchillada al soslayo, y el intruso de la camisa con dos cuartas de acero entre pecho y espalda —el presunto primo fue a batirse sin calzones, y eso le restó brío a la hora de afirmarse en buena esgrima—, Diego Alatriste viose tomando las de Villadiego antes que caer preso. Precaución que en su oportunidad consistió en rápido embarque para España, gracias al favor de un viejo conocido, el ya mentado Alonso de Contreras; con quien, siendo ambos rapazuelos de la misma edad, había salido para Flandes a los trece años, tras las banderas del príncipe Alberto.

—Ahí viene Bragado —dijo Garrote.

El capitán Carmelo Bragado venía por la trinchera con la cabeza baja y sombrero en mano para no hacer bulto, buscando las desenfiladas de los arcabuceros enemigos apostados en el revellín. Aun así, como era un leonés fornido y resultaba difícil sustraer sus seis pies de altura a los ojos de los holandeses, un par de mosquetazos hicieron ziiiang, ziiiang, zurreando sobre el parapeto, en homenaje a su llegada.

—Mala pascua les dé Dios —gruñó Bragado, dejándose caer entre Copons y Alatriste.

Se abanicaba el rostro sudoroso con el sombrero en la mano diestra, apoyada la zurda en el puño de su toledana; pues la tenía descompuesta desde el combate del molino Ruyter, con los dedos anular y meñique desprovistos ahora de falanges. Al rato, lo mismo que antes había hecho Diego Alatriste, pegó la oreja a uno de los maderos clavados en la tierra y frunció el ceño.

—Esos topos herejes tienen prisa —dijo.

Luego se echó hacia atrás, rascándose el mostacho donde le goteaba el sudor de la nariz.

—Traigo dos malas noticias —añadió al rato.

Se quedó mirando la miseria de las trincheras, la suciedad acumulada por todas partes, el desastrado aspecto de los soldados. Fruncía la nariz ante el hedor de la mula muerta.

—… Aunque entre españoles —ironizó— tener sólo dos malas noticias siempre es buena noticia.

Volvió a callar un poco, dicho aquello, hasta que por fin hizo una mueca desagradable y se rascó la nariz.

—Anoche mataron a Ulloa.

Alguien renegó un voto a Dios y los otros no dijeron nada. Ulloa era un cabo de escuadra, soldado viejo, que había servido con ellos en buen camarada hasta conseguir sus escudos de ventaja. Según aclaró Bragado en pocas palabras, había salido a reconocer las trincheras holandesas con un sargento italiano, y sólo volvió el italiano.

—¿Para quién había hecho testamento? —se interesó Garrote.

—Para mí —repuso Bragado—. Y un tercio en misas.

Durante un rato guardaron silencio, y ése fue todo el epitafio de Ulloa. Copons seguía con su siesta y Mendieta a la caza de piojos. Garrote, que había terminado de limpiar el mosquete, se acortaba las uñas royéndolas y escupiendo trozos tan negros como su alma.

—¿Cómo va nuestra mina? —preguntó Alatriste.

Bragado hizo un gesto de desaliento.

—Va despacio. Los zapadores han encontrado tierra demasiado blanda, y además se filtra agua del río. Tienen que entibar mucho, y eso lleva tiempo… Se teme que los herejes desemboquen antes y nos vuelen a todos los huevos.

Oyéronse tiros al extremo de la trinchera, fuera de la vista; una buena escopetada que apenas duró un instante. Después todo volvió a quedar en calma. Alatriste miraba a su capitán, esperando que soltara de una vez la otra mala noticia. Bragado nunca los visitaba por el gusto de estirar las piernas.

—A vuestras mercedes —dijo al fin éste— les toca ir a las caponeras.

—Mierda de Cristo —blasfemó Garrote.

Las caponeras eran túneles estrechos, cavados por los zapadores, que discurrían cubiertos por mantas, maderas y cestones bajo las trincheras. Usábanse tanto para abortar los trabajos del enemigo como para profundizar en sus avanzadas desembocando en fosos, zanjas y reparos, donde se hacían estallar petardos y se ahumaba al adversario con azufre y paja mojada. Era un bellaco modo de reñir bajo tierra, a oscuras, en pasajes tan angostos que a menudo sólo podían moverse los hombres de uno en uno y arrastrándose, sofocados por el calor, la polvareda interior y los vahos del azufre, riñendo a la manera de topos ciegos con puñales y pistoletes. Las caponeras cercanas al revellín del Cementerio trazaban vueltas y revueltas en torno al túnel principal de los españoles y al muy próximo de los holandeses, intentando con ellas estorbar los unos a los otros, dándose por lo común derribar una pared a golpes de pico o con un petardo, y venir de boca con los zapadores del otro lado, en un revoltijo de puñaladas y pistoletazos a quemarropa, y también golpes de pala corta, que para ese menester se afilaban con piedras de amolar hasta dejar sus bordes como hojas de cuchillo.

—Ya es la hora —dijo Diego Alatriste.

Estaba agazapado en la entrada del túnel principal con su grupo, y el capitán Bragado los observaba desde algo más lejos, arrodillado en la zanja con el resto de la escuadra y una docena más de gente de su bandera, listo para echar una mano si se terciaba. En cuanto a Alatriste, lo acompañaban Mendieta, Copons, Garrote, el gallego Rivas y los dos hermanos Olivares. Manuel Rivas era un buen mozo rubio y de ojos azules, muy de fiar y muy valiente, que hablaba un pésimo castellano con fuerte acento del Finisterre. En cuanto a los Olivares, parecían gemelos, sin serlo. Tenían muy semejantes las facciones, con el rostro agitanado y el pelo y las barbas negras y tupidas en torno a unas narices gallardas, semíticas, que delataban a la legua a unos bisabuelos todavía reacios a comer tocino: cuestión que a sus camaradas dábaseles un ardite, pues en asuntos de limpieza de sangre nunca entraron los tercios, al considerar que quien la vertía peleando, harto hidalga y limpia la tenía. Los dos hermanos iban siempre juntos a todas partes, dormían espalda contra espalda, compartían hasta el último mendrugo de pan, y cuidaban uno del otro en la pelea.

—¿Quién irá primero? —preguntó Alatriste.

Garrote se quedaba atrás, en apariencia muy ocupado en comprobar el filo de su daga. Con una mueca pálida, Rivas hizo ademán de adelantarse; pero Copons, como de costumbre parco en gestos y verbos, cogió unas pajuelas del suelo y las repartió entre sus camaradas. Fue Mendieta quien sacó la más corta. La estuvo mirando un rato y luego, sin decir nada, se ajustó la daga, dejó el sombrero y la espada en el suelo, cogió la pequeña pistola cebada que le tendía Alatriste y entró en el túnel llevando en la otra mano una pala corta muy afilada. Le fueron detrás Alatriste y Copons, tras desembarazarse también de espadas y sombreros y ajustarse bien los coletos de cuero, y siguieron los otros en hilada de a uno, con Bragado y los que se quedaban fuera viéndolos irse en silencio.

El arranque de la galería principal estaba alumbrado por un hacha de brea, cuya luz grasienta iluminaba el sudor en los torsos desnudos de los zapadores tudescos que habían hecho un alto en el trabajo para verlos pasar, apoyados en cuclillas sobre sus picos y palas. Los alemanes eran tan buenos cavando como peleando, sobre todo cuando estaban bien pagados y sobrios; e incluso sus mujeres, que iban y venían cargadas como mulas con provisiones desde el campamento, arrimaban el hombro cargando cestones y herramientas. Su cabo, un barbirrojo de brazos como jamones de las Alpujarras, guió al grupo a través del dédalo de galerías entibadas con tablas, mantas, fajinas y cestones, que disminuían en altura y hacíanse más angostas a medida que profundizaban en las líneas holandesas. Por fin el zapador se detuvo en la boca de una caponera que no tenía más de tres pies de altura. Un candil colgado iluminaba una mecha que se perdía en la oscuridad, siniestra como una serpiente negra.

—Vara *eine*, una —dijo el tudesco, abarcando con un gesto de las manos el espesor del muro de tierra que separaba el final de la caponera de la galería holandesa.

Asintió Alatriste y todos se apartaron del boquete, pegándose bien a la pared mientras se anudaban lienzos para protegerse narices y boca. Entonces el tudesco les dirigió una sonrisa.

—*Zum Teufel!*

Dijo. Luego cogió el candil y le dio fuego a la mecha.

Huesos. El túnel discurría bajo el cementerio y ahora caían huesos por todas partes, revueltos con la tierra. Huesos largos y cortos, cráneos descarnados, tibias, vértebras. Esqueletos enteros amortajados en sudarios rotos y sucios, en ropajes hechos jirones, raídos por el tiempo. Todo ello mezclado con la polvareda y los escombros, astillas podridas de féretros, fragmentos de lápidas, y un hedor nauseabundo que inundó la caponera cuando, tras el estallido, Diego Alatriste empezó a gatear con los otros hacia la brecha, cruzándose con ratas que chillaban despavoridas. Había un agujero a cielo abierto por donde se filtraba un poco de luz y de aire, y pasaron bajo esa luz incierta, velada por el humo de la pólvora quemada, antes de adentrarse en las tinieblas del otro lado, donde sonaban gemidos y gritos en voces extrañas. Alatriste sentía el torso empapársele de sudor bajo el coleto, y la boca seca, terrosa bajo el lienzo que la protegía de la polvareda. Avanzaba arrastrándose sobre los codos, y algo redondo rodó hasta él, empujado por los pies del hombre que lo precedía. Era un cráneo humano; y el resto, deshecho el esqueleto en su féretro por la explosión y el derrumbe, se le enredó entre los brazos cuando pasó por encima, lastimándose los muslos con los huesos astillados.

No pensaba. Progresaba arrastrándose palmo a palmo, crispadas las mandíbulas y cerrados los ojos para no llenárselos de tierra, sofocado por el esfuerzo bajo el lienzo que le cubría la cara. No sentía. Sus músculos anudados en tensión ignoraban otro objeto que llevarlo vivo de ida y vuelta en aquel viaje a través del reino de los muertos, y permitirle ver de nuevo la luz del día. Su conciencia no albergaba, en ese trance, más sentimiento que la repetición concienzuda de los gestos mecánicos, profesionales, propios de su oficio de soldado. Lo movía hacia adelante la resignación de lo inevitable, y el hecho de que un camarada avanzaba ante él y otro le seguía a los alcances. Ése era el lugar que el Destino le asignaba sobre la tierra —o para ser más exactos bajo ella— y nada de lo que pudiera pensar o sentir iba a cambiarlo. Absurdo, por tanto, malgastar tiempo y concentración en otra cosa que no fuera arrastrarse con el pistolete en una mano y la daga en la otra, sin más razón que repetir el macabro ritual que otros hombres habían repetido a lo largo de los siglos: matar para seguir vivo. Fuera de tan linda simpleza, nada tenía sentido. Su rey y su patria —fuera cual fuese la verdadera patria del capitán Alatriste— se hallaban demasiado lejos de aquel lugar subterráneo, de aquella negrura a cuyo extremo seguían sonando, cada vez más cerca, los lamentos de los zapadores holandeses sorprendidos por la explosión. Sin duda Mendieta había llegado hasta ellos, porque ahora Alatriste oía golpes sordos, chasquidos de carne y huesos al romperse bajo la pala corta que, por el ruido, el vizcaíno manejaba muy a sus anchas.

Tras los escombros, los huesos y la polvareda, la caponera se ensanchaba en un recinto mayor, el túnel holandés, convertido en oscuro pandemónium. Aún ardía en un rincón el pábilo de un farol de sebo a punto de apagarse: una lucecita tenue, rojiza, que apenas bastaba para dar incierto contorno a las sombras que gemían cerca. Alatriste rodó afuera, irguiéndose sobre las rodillas, metió el pistolete en el cinto y tanteó alrededor con la mano libre. La pala de Mendieta chascaba sin piedad, y una voz holandesa se puso de pronto a dar alaridos. Alguien cayó desde la boca de la caponera dando en la espalda del capitán, y éste pudo sentir cómo sus camaradas iban congregándose allí uno tras otro. Un súbito pistoletazo iluminó con resplandor brevísimo el recinto, alumbrando cuerpos que se arrastraban por el suelo o yacían inmóviles, y con un destello fugaz, en alto, la pala de Mendieta, roja de sangre.

Había una corriente de aire que se llevaba polvo y humo hacia la caponera desde los adentros del túnel holandés, y Alatriste se encaminó hacia allí con mucho tiento. Topó de boca con alguien vivo, lo bastante para que una maldición flamenca precediese al fogonazo de un disparo que casi chamuscó la cara del capitán, cegándolo. Cerró éste hacia adelante, hallóse con su adversario y tiró dos tajos de daga en cruz, que fueron al vacío, y luego otros dos más adelantados, el último en carne. Hubo un chillido y luego el rumor de un cuerpo que escapaba gateando, así que fuele detrás Alatriste, entre cuchilladas, guiándose por los gritos de angustia del fugitivo. Atrapólo al fin a tientas, sujeto por un pie, y empezó a clavar la daga desde ese pie hacia arriba, una y otra vez, hasta que el otro dejó de gritar y de moverse.

—*Ik geef mij over!* —aulló alguien en las tinieblas.

Aquello estaba fuera de lugar, pues era notorio que nadie hacía prisioneros en las caponeras; y tampoco los españoles, cuando las cartas venían de mala mano, esperaban cuartel. Así que la voz se quebró en un estertor de agonía cuando uno de los atacantes, guiado por ella, llegóse al hereje, apuñalándolo. Sintió Alatriste más ruido de pelea y aguzó el oído, inmóvil y atento. Hubo dos pistoletazos más, y a su resplandor vio a Copons muy cerca, bien trabado con un holandés, revolcándose ambos en el suelo. Luego oyó a los hermanos Olivares llamarse en voz baja uno a otro. Copons y el holandés ya no hacían ruido, y por un instante se preguntó quién estaría vivo, y quién no.

—¡Sebastián! —susurró.

Copons respondió con un gruñido, aclarándole la duda. Ahora casi todo estaba en silencio, excepto algún gemido en voz baja, alguna respiración cercana y el arrastrar de los hombres por el suelo. Avanzó de nuevo Alatriste de rodillas, una mano ante sí, tanteando en la oscuridad, y la otra junto a la cadera, tensa y dispuesta, apuntada la daga hacia adelante. El último chisporroteo del farol iluminó muy débilmente la boca del túnel que conducía a las trincheras enemigas, lleno de escombros y maderos rotos. Había allí atravesado un cuerpo inmóvil, y tras hundirle dos veces la daga por si acaso, el capitán gateó sobre él, acercándose al túnel donde se estuvo quieto unos instantes, escuchando. Sólo había silencio al otro lado, pero sintió el olor.

—¡Azufre! —gritó.

La vaharada avanzaba lenta por el túnel, impulsada sin duda por fuelles que los holandeses hacían funcionar al otro lado para inundar la galería con humo de paja, brea y sulfuro. Sin duda se les daban una higa los compatriotas que siguieran vivos a este lado, o a tales alturas estaban ciertos de que ninguno quedaba con vida. La corriente de aire favorecía la operación, y sólo era cosa de un padrenuestro que la humareda venenosa emponzoñase el aire. Con súbita sensación de angustia, Alatriste retrocedió gateando entre los escombros y los cadáveres, tropezó con los camaradas que se agolpaban en la boca de la caponera, y por fin, tras unos momentos que le parecieron años, viose de nuevo arrastrando el cuerpo por ella, con cuanta rapidez era capaz de conseguir, impulsándose de codos y rodillas entre la tierra desmoronada y los restos del cementerio. Sentía detrás los sonidos y las maldiciones de alguien que le pareció Garrote, quien lo apremiaba al tropezar con sus botas. Pasó bajo el hueco abierto en el techo de la caponera, respirando ávido el aire del exterior, y luego prosiguió por la estrecha galería, bien apretados los dientes y contenido el aliento, hasta que vio clarear la boca del pasadizo por encima de los hombros y la cabeza del camarada que lo precedía. Salió por fin al túnel grande, que había sido abandonado por los zapadores alemanes, y luego a la trinchera española, arrancándose el lienzo de la cara para respirar con ansia, y frotándose luego la cara cubierta de sudor y de tierra. A su alrededor, semejantes a cadáveres devueltos a la vida, los rostros sucios y macilentos de sus camaradas iban congregándose, exhaustos y cegados por la luz. Por fin, cuando sus ojos se habituaron, vio al capitán Bragado que aguardaba con los zapadores tudescos y el resto de la tropa.

—¿Están todos? —preguntó Bragado.

Faltaban Rivas y uno de los Olivares. Pablo, el menor, con el pelo y la barba que ya no eran negros, sino grises por el polvo y la tierra, hizo ademán de meterse de nuevo dentro en busca de su hermano; pero lo contuvieron entre Garrote y Mendieta. Ahora los holandeses tiraban con mucha arcabucería desde el otro lado, harto furiosos y descompuestos por lo ocurrido, y las balas zumbaban y daban chasquidos, rebotando en los cestones de la trinchera.

—Bien jodido los hemos, pues —dijo Mendieta.

No había triunfo en su tono, sino un profundo cansancio. Aún sostenía la pala, sucia de tierra adherida a la sangre. A Copons, que respiraba con dificultad tumbado junto a Alatriste, el sudor le formaba una reluciente máscara de barro en la cara.

—¡Hideputas! —voceaba desesperado el menor de los Olivares—… ¡Herejes hideputas, así ardáis en el infierno!

Sus imprecaciones cesaron cuando Rivas asomó la cabeza por la boca del túnel, trayendo a rastras al otro Olivares, medio sofocado pero vivo. Los ojos azules del gallego estaban rojos, inyectados en sangre.

—Ay, carallo.

Su pelo rubio humeaba de azufre. De un manotazo se arrancó el lienzo de la cara, tosiendo tierra.

—Gracias a Dios —dijo, llenándose los pulmones de aire limpio.

Uno de los tudescos trajo un zaque de agua, y los hombres bebieron con avidez, uno tras otro.

—Aunque fuera orín de asno —murmuraba Garrote, derramándosele el líquido por la barbilla y el pecho.

Recostado en la trinchera y sintiendo en él los ojos de Bragado, Alatriste le quitaba la tierra y la sangre a su vizcaína.

—¿Cómo queda el túnel? —preguntó por fin el oficial.

—Limpio como esta daga.

170

Sin añadir nada más, Alatriste envainó el acero. Luego le retiró el cebo al pistolete que no había llegado a usar.

—Gracias a Dios —repetía Rivas una y otra vez, persignándose. Los ojos azules le lloraban tierra.

Alatriste callaba. A veces, se dijo para sus adentros, Dios parece saciado. Entonces, ahíto de dolor y de sangre, mira hacia otro lado y descansa.

Capítulo VIII

LA ENCAMISADA

De ese modo pasó el mes de abril, alternándose lluvias y días claros, y la hierba se puso más verde sobre los campos, las trincheras y las fosas de los muertos. Batían nuestros cañones los muros de Breda, continuaba la zapa de minas y contraminas, y todo cristo se arcabuceaba muy lindamente escaramuzando de trinchera a trinchera, con algún asalto nuestro y salida holandesa que de vez en cuando alteraba la monotonía del asedio. Fue por aquellas fechas cuando empezaron a llegar noticias de la gran carestía a que se enfrentaban los sitiados, aunque era mayor la que sufríamos los sitiadores. Con la diferencia de que ellos se habían criado en tierras fértiles, con ríos y campos y ciudades regaladas por la fortuna, y los españoles veníamos de siglos de regar las nuestras con sudor y sangre para arrancarles un trozo de pan. De modo que, siendo los enemigos más hechos a deleites que a la falta de sustento, unos por naturaleza y otros por costumbre, algunos ingleses y franceses de Breda empezaron a desamparar sus banderas y pasarse a nuestro campo, contándonos que tras los muros habían muerto ya en número de cinco mil, entre villanos, burgueses y militares. De vez en cuando amanecían ahorcados ante las murallas espías holandeses que intentaban ir y venir con cartas más y más desesperadas, escritas entre el jefe de la guarnición, Justino de Nassau, y su pariente Mauricio; que seguía a pocas leguas de allí, sin cejar en el empeño de socorrer la plaza rompiendo un cerco que ya rondaba el año.

Aquellos días llegaron noticias del dique que el tal Mauricio de Nassau levantaba junto a Sevenberge, a dos horas de marcha de Breda, a fin de desviar hacia nuestro campo las aguas del Merck, inundar con ayuda de las mareas los cuarteles y trincheras españoles, y meter con barcas tropas y provisiones en la ciudad. Era obra grande y de mucha ambición y oportunidad, y fueron numerosos los gastadores y marineros que allí se emplearon, cortando céspedes y fajina, acarreando piedra, árboles y tablas. Habían afondado ya tres charrúas bien lastradas, y progresaban de ambas orillas apretando la tierra con grandes traviesas de madera y afirmando la esclusa con pontones y empalizadas. Eso tenía en gran cuidado a nuestro general Spínola, que andaba buscando, sin hallarlo, un medio eficaz para estorbar que el día menos pensado amaneciéramos con el agua hasta la gola. A este particular decíase, a modo de chanza, que era preciso enviar a gente de los tercios alemanes a desbaratar el proyecto del Nassau, por ser nación que daríase al efecto buena maña:

Pusiera allí a los tudescos
y dijérales: «El dique
que veis se derribe luego,

174

o moriremos ahogados»,
que yo aseguro que ellos,
por no beber agua, vayan
a derribarlo al momento.

También fue por esos días cuando el capitán Alatriste recibió orden de presentarse en la tienda de campaña del maestre de campo don Pedro de la Daga. Acudió allí avanzada la tarde, cuando el sol descendía hacia el llano horizonte y enrojecía la ribera de los diques donde se recortaban, lejanas, las siluetas de los molinos y las arboledas que se extendían junto a los pantanos del noroeste. Para la ocasión, Alatriste adecentó sus ropas en lo posible: el coleto de piel de búfalo disimulaba los remiendos de la camisa, sus armas estaban aún más pulidas que de costumbre y los correajes recién engrasados con sebo. Entró en la tienda descubierto, el ajado sombrero en una mano y la otra en el pomo de la espada, y se tuvo allí quieto y erguido sin abrir la boca hasta que don Pedro de la Daga, que departía con otros oficiales entre los que se hallaba el capitán Bragado, resolvió concederle su atención.

—Así que es éste —dijo el maestre de campo.

No mostró Alatriste inquietud ni curiosidad por la extraña convocatoria, aunque sus ojos atentos no pasaron por alto la sonrisa discreta, tranquilizadora, que Bragado le dirigía a espaldas del coronel del tercio. Había cuatro militares más en la tienda, y a todos los conocía de vista: don Hernán Torralba, capitán de otra de las banderas, el sargento mayor Idiáquez y dos caballeros jóvenes de los llamados guzmanes o entretenidos del maestre, afectos a su plana mayor, aristócratas o hidalgos de buena sangre que servían sin paga en los tercios por amor a la gloria, o —lo que era más corriente— por hacerse una reputación antes de volver a España a disfrutar de prebendas que les vendrían dadas por influencias, amistades o familia. Bebían, en copas de cristal, vino procedente de unas botellas que estaban sobre la mesa, junto a libros y mapas. Alatriste no había visto una copa de cristal desde el saqueo de Oudkerk. Reunión de pastores y vino de por medio, se dijo, oveja muerta.

—¿Gusta de un poco, señor soldado?

Jiñalasoga mostraba una mueca que se pretendía amable cuando indicó, con gesto desenvuelto de la mano, botellas y copas.

—Es vino dulce de Pedro Ximénez —añadió—. Acaba de llegarnos de Málaga.

Tragó saliva Alatriste, procurando no se le notara. Al mediodía, sus camaradas y él habían tenido pan con aceite de nabos y un poco de agua sucia como único yantar en las trincheras. Justo por eso, suspiró, cada cual debía seguir siendo cada cual. Tan conveniente era tener a distancia a los superiores, como ellos, a su conveniencia, tenían a los inferiores.

—Con la licencia de usía —dijo tras meditarlo un poco—, beberé en otro momento.

Se había cuadrado ligeramente al hablar, procurando hacerlo con el respeto debido. Aun así el maestre enarcó una ceja y después de un instante volvióle la espalda, desentendiéndose de él como si estuviera muy ocupado con los mapas de la mesa. Los entretenidos miraban a Alatriste de arriba abajo, con curiosidad. En cuanto a Carmelo Bragado, que se hallaba en segundo término junto al capitán Torralba, había acentuado un poco la sonrisa, mas ésta desapareció cuando el sargento mayor Idiáquez tomó la palabra. Ramiro Idiáquez era un veterano de mostacho gris y pelo blanco, que llevaba muy rapado. Su nariz tenía una cicatriz que parecía dividirla en la punta, recuerdo del asalto y saco de Calais al filo del siglo viejo, en tiempos de nuestro buen rey, el segundo Felipe.

—Hay un desafío —dijo con la brusquedad que usaba para dar órdenes y para todo lo demás—. Mañana por la mañana. Cinco contra cinco, en la puerta de Bolduque.

En esos años, tales lances iban de oficio. No satisfechos con los vulgares flujos y reflujos de la guerra, a veces los contendientes la llevaban al terreno personal, con bravuconerías y rodomontadas en las que se cifraba el honor de las naciones y las banderas. Incluso en tiempos del gran emperador Carlos, y para regocijo de la Europa entera, éste había desafiado a su enemigo Francisco I a combate singular; aunque el francés, tras mucho darle vueltas, declinó el ofrecimiento. De cualquier modo, la Historia terminó cobrándole gentil factura al gabacho, cuando en Pavía vio sus tropas deshechas, la flor de su nobleza aniquilada, y a él mismo en tierra, con la espada de Juan de Urbieta, vecino de Hernani, apoyada en su real gaznate.

Sobrevino un breve silencio. Alatriste permanecía impasible, en espera de que se dijese algo más. Y al cabo vino a decirlo uno de los entretenidos.

—Ayer salieron a pregonarlo, muy pagados de sí, dos caballeros holandeses de Breda... Por lo visto, uno de nuestros arcabuceros les mató a alguien conocido en las trincheras de la plaza. Pedían una hora en campo abierto, cinco contra cinco, a dos pistolas y espada. Por supuesto, se les recogió el guante.

—Por supuesto —repitió el segundo entretenido.

—Los del tercio italiano de Látaro piden estar en la ocasión; pero se ha decidido que todos los nuestros sean españoles.

—Cosa natural —apostilló el otro.

Mirólos muy despacioso Alatriste. El primero que había hablado debía de frisar los treinta años, vestía con ropas que delataban su calidad, y el tahalí de la toledana era de buen tafilete pasado de oro. Por alguna razón, pese a la guerra, se las arreglaba para llevar muy rizado el bigote. Era displicente y altanero. El otro, más ancho y más bajo, era también más joven, vestido un poco a la italiana con jubón corto de terciopelo acuchillado de raso y una rica valona de Bruselas. Ambos llevaban borlas doradas en la banda roja y botas de buen cuero con espuelas, muy distintas a las que Alatriste calzaba en ese momento, con los pies envueltos en trapos para que no le asomaran los dedos. Imaginó a aquellos dos gozando de la intimidad del maestre de campo, que a su vez afianzaría a través de ellos sus influencias en Bruselas y Madrid; riéndose unos a otros las gracias y los vuesamerced como perros de la misma traílla. Por lo demás, sólo conocía de oídas el nombre del primero, un burgalés llamado don Carlos del Arco, hijo de un marqués o hijo de algo. Lo había visto reñir un par de veces, y era opinado de valiente.

—Don Luis de Bobadilla y yo sumamos dos —prosiguió éste—. Y nos faltan tres hombres de hígados, a fin de andar parejos.

—En realidad sólo falta uno —corrigió el sargento mayor Idiáquez—. Para acompañar a estos caballeros he pensado ya en Pedro Martín, un bravo de la bandera del capitán Gómez Coloma. Y probablemente el cuarto será Eguiluz, de la gente de don Hernán Torralba.

—Buen cartel para darle una mala comida al Nassau —concluyó el entretenido.

Alatriste digería todo aquello en silencio. Conocía a Martín y a Eguiluz, ambos soldados viejos y muy de fiar a la hora de menear las manos con holandeses o con quien les pusieran delante. Ni uno ni otro harían mal tercio en la fiesta.

—Vos seréis el quinto —dijo don Carlos del Arco.

Inmóvil como estaba, con el sombrero en una mano y la otra en la empuñadura de su espada, Alatriste frunció el ceño. No le placía el tono con que aquel caballerete daba por sentada su concurrencia, en particular porque se trataba de un entretenido y no exactamente de un oficial; y tampoco le gustaban las borlas doradas de su banda roja, ni el aire petulante de quien tiene buena provisión de felipes de oro en el bolsillo y un padre marqués en Burgos. Tampoco le gustaba que su jefe natural, que era el capitán Bragado, estuviese allí sin decir esta boca es mía. Bragado era buen militar y sabía compaginar eso con la fina diplomacia, lo que resultaba conveniente para su carrera; pero a Diego Alatriste y Tenorio no le cuadraba recibir órdenes de pisaverdes arrogantes, por muy arriscados que se mostraran de hechos o de palabras, y por mucho que se bebieran en copas de cristal el vino de su maestre de campo. Eso hizo que la respuesta afirmativa que estaba a punto de dar se le demorase en la boca. Y el titubeo fue mal interpretado por Del Arco.

—Naturalmente —dijo éste, con un soplo de desdén— si veis la cuestión demasiado expuesta...

Dejó las palabras en el aire y miró alrededor, mientras su compañero esbozaba una sonrisa. Ignorando las ojeadas de advertencia que lanzaba desde atrás el capitán Bragado, Alatriste llevó la mano del pomo de la espada al mostacho, atusándoselo con mucha flema. Era un modo como otro cualquiera de contener la cólera que le subía del estómago al pecho, haciéndole batir despacio, muy acompasada, la sangre en la cabeza. Fijó sus ojos helados en un entretenido, y luego en el otro durante un tiempo larguísimo; tanto que el maestre de campo, que había permanecido todo el rato de espaldas cual si nada de aquello le concerniera, giróse a observarlo. Pero Alatriste ya estaba vuelto hacia Carmelo Bragado.

—Entiendo que se trata de una orden vuestra, mi capitán.

Bragado se llevó despacio la mano a la nuca, frotándosela sin responder, y luego miró al sargento mayor Idiáquez, que fulminaba a los dos entretenidos con ojos furiosos. Pero entonces tomó la palabra el propio don Pedro de la Daga:

—En cuestiones de honor no hay órdenes —dijo con grosero despecho—. Allá cada cual con su reputación y su vergüenza.

Palideció Alatriste al oír aquello, y su mano derecha volvió a bajar despacio hasta el puño de la toledana. La mirada que le dirigía Bragado rozó la súplica: asomar aunque fuere una pulgada de hoja significaba la horca. Pero él pensaba en algo más que una pulgada. De hecho, en ese momento calculaba con mucha frialdad de cuánto tiempo dispondría si le daba una cuchillada al maestre de campo y luego se revolvía rápido contra los entretenidos. Quizá tuviera tiempo de llevarse a uno de ellos por delante, con preferencia al tal Carlos del Arco, antes de que Idiáquez y Bragado lo mataran a él como a un perro.

El sargento mayor carraspeó, visiblemente molesto. Era el único que, por su grado y privilegios en el tercio, podía contradecir a Jiñalasoga. También conocía a Diego Alatriste desde que, veintitantos años atrás, en Amiens, siendo el uno muchacho y el otro mozo al que apenas espesaba el bigote, salieron juntos del revellín de Montrecurt con la compañía del capitán don Diego de Villalobos, y durante cuatro horas enclavaron la artillería enemiga y pasaron a cuchillo hasta al último de los ochocientos franceses que guarnecían las trincheras, a cambio de las vidas de setenta camaradas. Lo que no era mal balance de cuenta, pardiez, once por barba y me llevo treinta de barato, si no fallaba la aritmética.

—Con todo el respeto debido a usía —apuntó Idiáquez—, debo decir que Diego Alatriste es soldado viejo. Todos saben que su reputación es intachable. Estoy seguro de que…

El maestre lo interrumpió con un gesto desabrido.

—Las reputaciones intachables no son vitalicias.

—Diego Alatriste es un buen soldado —aventuró desde atrás el capitán Bragado, que se avergonzaba de su propio silencio.

Don Pedro de la Daga lo acalló con otro gesto brusco.

—Cualquier buen soldado, y en *mi* tercio los hay a espuertas, daría un brazo por estar mañana en la puerta de Bolduque.

Diego Alatriste miró directamente a los ojos del maestre de campo. A poco su voz sonó lenta y fría, en un tono muy bajo, tan seca como la cuchillada que le bailaba en la punta de los dedos.

—Yo uso mis dos brazos para cumplir con lo que debo al rey, que es quien me paga… cuando me paga —hizo una pausa infinitamente larga—… En cuanto a mi honor y mi reputación, puede estarse usía muy desembarazado. Que de eso cuido yo, sin necesitar que nadie me ofrezca lances ni me dé lecciones.

El maestre de campo lo miraba como si pretendiera recordarlo el resto de su vida. Saltaba a la vista que repasaba de cabeza cuanto venía de oír, letra por letra, a la búsqueda de una palabra, un tono, un matiz que le permitiera cebar una soga en el árbol más próximo. Eso era tan obvio que, como al descuido, Alatriste llevó la mano, disimulándola con el sombrero, hacia la cadera izquierda, cerca del mango de su daga. Al primer indicio, pensaba con resignada flema, le meto la daga por la gola, echo mano a la herreruza y que Dios o el diablo provean.

—Que este hombre vuelva a las trincheras —dijo por fin Jiñalasoga.

Sin duda, el recuerdo del reciente motín templaba la natural afición del maestre a servirse del esparto. Bragado e Idiáquez, a quienes no había pasado inadvertido el ademán de Diego Alatriste, parecieron relajarse con no poco alivio. Procurando que nada traicionase el alivio que también él sentía, Alatriste saludó con una respetuosa inclinación de cabeza, dio media vuelta y salió de la tienda, al aire libre, deteniéndose junto a las alabardas de los centinelas tudescos que podían estar en ese momento llevándolo muy lindamente camino de la horca. Quedóse allí un rato inmóvil, observando agradecido el sol que ya tocaba el horizonte tras los diques, y al que ahora tenía la seguridad de ver alzarse de nuevo al día siguiente. Luego se puso el sombrero y echó a andar hacia los parapetos que conducían al revellín del Cementerio.

Aquella noche el capitán Alatriste permaneció despierto hasta el alba, acostado bajo su capote y mirando las estrellas. No eran el desfavor del maestre de campo ni el miedo a la deshonra lo que lo mantenía en vela mientras sus camaradas roncaban alrededor; se le daba un ardite la versión que corriese por el tercio, pues Idiáquez y Bragado lo conocían bien e iban a referir el episodio cual era debido. Además, como le había dicho a don Pedro de la Daga, él contaba con medios propios para hacerse respetar, tanto entre sus iguales como entre quienes no lo eran. Lo que le negaba el sueño era otra cosa. Y a ese particular, se halló deseando que al menos uno de los entretenidos sobreviviera al día siguiente en la puerta de Bolduque. Con preferencia, el tal Carlos del Arco. Porque luego, se dijo sin apartar los ojos del firmamento, el tiempo pasa, la vida da muchas vueltas, y nunca sabe uno con qué viejos conocidos puede tropezarse en un callejón adecuado, tranquilo y oscuro, sin vecinos que asomen al oír ruido de espadas.

Al día siguiente, con los nuestros mirando desde sus trincheras y el enemigo desde las suyas y lo alto de las murallas, cinco hombres se adelantaron desde las líneas del rey nuestro señor, yendo al encuentro de otros cinco que salían por la puerta de Bolduque. Eran éstos, según rumor que corrió por el campo, tres holandeses, un escocés y un francés. En cuanto a los nuestros, el capitán Bragado había elegido como quinto de la partida al sotalférez Minaya, un soriano de treinta y pocos años, muy cabal y de fiar, con buenas piernas y mejor mano. Acudían unos y otros con dos pistolas al cinto y espada, sin daga; y decíase que los de enfrente dejaban esta última fuera del lance porque de todos era sabido el mucho peligro que en distancias cortas teníamos con esa arma blanca los españoles.

Yo había regresado el día anterior de tres jornadas de forrajeo —que me llevaron con una cuadrilla de mochileros casi hasta las orillas del Mosa— y ahora estaba entre la multitud con mi amigo Jaime Correas, de pie encima de los cestones de las trincheras sin riesgo momentáneo de recibir un mosquetazo. Había centenares de soldados mirando por todas partes, y se decía que el marqués de los Balbases, nuestro general Spínola, también observaba el desafío junto a don Pedro de la Daga y los otros capitanes principales y maestres de los demás tercios. En cuanto a Diego Alatriste, estaba en una de las primeras trincheras con Copons, Garrote y los otros de su escuadra, muy callado y muy quieto, sin apartar los ojos del lance. El sotalférez Minaya, sin duda puesto al corriente por nuestro capitán Bragado, había tenido un detalle de buen camarada: venir temprano a pedirle prestada a Alatriste una de sus pistolas, so pretexto de algún problema con las suyas, y ahora se encaminaba hacia los de enfrente con ella al cinto. Aquello decía mucho en favor de la hombría de bien de Minaya, y dejaba resuelto el asunto dentro de la bandera. Diré al hilo de esto que muchos años más tarde, después de Rocroi, cuando las vueltas y revueltas de la fortuna me llevaron a ser capitán de la guardia española del rey Felipe nuestro señor, tuve ocasión de favorecer a un joven recluta de apellido Minaya. Y lo hice sin el menor reparo, en recuerdo del día en que su padre tuvo la gentileza de salir a pelear a campo abierto bajo los muros de Breda, llevando al cinto la pistola del capitán Alatriste.

El caso es que allí estaban, aquella mañana de abril, con el sol tibio en lo alto y miles de ojos clavados en ellos, los cinco ante los cinco. Se encontraron en un pequeño prado que ascendía en declive hacia la puerta de Bolduque, a cosa de cien pasos, en tierra de nadie. No hubo preliminares, golpes de sombreros ni cortesías, sino que a medida que se acercaban unos a otros empezaron a darse pistoletazos y metieron mano a las espadas, mientras uno y otro campo, que hasta ese instante habían guardado un silencio mortal, estallaban en un clamor de gritos de ánimo a sus respectivos camaradas. Sé que de siempre la gente de buena voluntad ha predicado la paz y la palabra entre los hombres y condenado la violencia; y sé, mejor que muchos, lo que hace la guerra en el cuerpo y en el corazón del hombre. Mas, pese a todo eso, pese a mi facultad de raciocinio, pese al sentido común y a la lucidez que dan los años y la naturaleza, no puedo evitar un estremecimiento de admiración ante el coraje de los que son valientes. Y vive Dios que aquéllos lo eran. Cayó a los primeros tiros don Luis de Bobadilla, el segundo de los entretenidos, y llegaron los demás a las manos, cerrándose con mucho vigor y mucho encono. Llevóse uno de los holandeses un pistoletazo que le rompió el pescuezo, y otro de sus compañeros, el escocés, viose con el vientre pasado por la espada del soldado Pedro Martín, quien la perdió allí, y hallándose con las dos pistolas descargadas fue acuchillado en la garganta y en el pecho, yéndose al suelo encima del que acababa de matar. En cuanto a don Carlos del Arco, se dio tan buena maña con el francés que le había tocado en suerte que a poco, entre tajo y tajo, pudo pegarle un tiro en la cara; aunque el entretenido se retiró de la pelea dando traspiés con una bellaca cuchillada en un muslo. Minaya remató al francés con la pistola del capitán Alatriste e hirió malamente a otro holandés con la propia, librándose sin un rasguño; y Eguiluz, con la mano zurda estropeada de un balazo y la herreruza en la diestra, dio dos mojadas muy limpias al último enemigo, una en un brazo y otra en los ijares cuando el hereje, viéndose herido y solo, resolvió, como Antígono, no huir, sino ir en alcance de la utilidad que tenía a las espaldas. Luego los tres que quedaban en pie despojaron a los adversarios de sus armas y de las bandas, que llevaban anaranjadas como solían llevarlas los que sirven a los Estados; y aún habrían traído a nuestras líneas los cuerpos de Bobadilla y Martín si los holandeses, furiosos por el desenlace, no hubieran consolado la derrota con una granizada de balas. Fueron retirándose poco a poco los nuestros sin perder la compostura, con la desgracia de que un plomo de mosquete entróle a Eguiluz por los riñones, y aunque alcanzó las trincheras ayudado por sus compañeros, murió a los tres días de aquello. En cuanto a los siete cuerpos, permanecieron casi toda la jornada en campo abierto, hasta que al atardecer hubo una breve tregua y cada cual recuperó a los suyos.

Nadie en el tercio puso en cuestión la honra del capitán Alatriste. La prueba es que una semana más tarde, cuando se decidió el ataque al dique de Sevenberge, él y su escuadra se hallaban entre los cuarenta y cuatro hombres escogidos para la tarea. Salieron de nuestras líneas al ponerse el sol, aprovechando la primera noche de niebla cerrada para ocultar su movimiento. Iban al mando los capitanes Bragado y Torralba, y todos llevaban las camisas puestas por fuera, sobre jubones y coletos, para reconocerse unos a otros en la oscuridad. Era éste uso corriente entre las tropas españolas, y de ahí proviene el nombre de *encamisadas* que dábase a tales acciones nocturnas. Se trataba de aprovechar la natural agresividad y la destreza de nuestra gente en combate cuerpo a cuerpo para, infiltrándose en campo hereje, dar a rebato sobre el enemigo, matar cuanto fuera posible, incendiar sus barracas y tiendas sólo en el momento de la retirada para no hacer luz, y luego largarse a toda prisa. Como se trataba siempre de tropas escogidas, participar en una encamisada se consideraba de mucha honra entre españoles, y a menudo pugnaban unos con otros por ser de la partida, teniendo a muy agria ofensa verse fuera de ella. Las reglas eran estrictas, y por lo común se ejecutaban disciplinadamente para ahorrar vidas propias en la confusión de la noche. De todas ellas, que menudearon en Flandes, fue famosa la de Mons: quinientos tudescos a sueldo de los orangistas muertos, y su campamento hecho cenizas. O aquella otra en la que sólo medio centenar fue elegido para dar un golpe de mano nocturno, y a la hora de la partida llegaron de todas partes soldados espontáneos que pretendían incluirse en ella, por su cuenta; y al cabo, cuando se empezó a caminar, en vez del silencio acostumbrado todo era algarabía y discusiones en mitad de la noche, que más parecía razzia moruna que encamisada de españoles, con tres centenares de hombres apresurándose por el camino para llegar antes que los otros, y el enemigo despertándose sorprendido para ver venírsele encima una nube de energúmenos enloquecidos, vociferantes y en camisa, que lo mismo acuchillaban sin cuartel que se increpaban entre ellos, compitiendo por quién degollaba más y mejor.

En cuanto a Sevenberge, el plan de nuestro general Spínola era recorrer a la sorda, con mucho sigilo, las dos horas largas de camino hasta el dique, y luego dar de rebato sobre quienes lo custodiaban y arruinar la obra, rompiendo las esclusas a hachazos e incendiándolo todo. Decidióse que media docena de mochileros fuéramos de la partida, a fin de transportar los pertrechos necesarios para el fuego y la zapa. Así que aquella noche me vi caminando con la fila de españoles por la orilla derecha del

Merck, donde la niebla era más espesa. En la brumosa oscuridad sólo se oía el ruido amortiguado de los pasos —calzábamos esparteñas o botas envueltas en trapos, y había pena de vida para quien hablara en voz alta, encendiese una cuerda o llevase cebados la pistola o el arcabuz— y las camisas blancas se movían como sudarios de fantasmas. Hacía tiempo que habíame visto forzado a vender mi hermoso estoque de Solinguen, pues los mochileros no podíamos llevar espada, y caminaba con sólo mi daga bien ceñida a la cintura; pero no iba, pardiez, falto de impedimenta: portaba a hombros una mochila con cargas de pólvora y azufre envueltas en petardos, guirnaldas de alquitrán para los incendios, y dos hachas bien afiladas para romper cabos y maderas de las esclusas.

También temblaba de frío pese al jubón de paño basto que me había puesto bajo la camisa, que sólo parecía blanca de noche y tenía más agujeros que una flauta. La niebla creaba un espacio irreal alrededor, mojándome el pelo y goteando por mi cara como si fuera lluvia fina o chirimiri de mi tierra, tornándolo todo resbaladizo y haciéndome andar con mucho tiento, pues un resbalón en la hierba húmeda significaba irme abajo, al agua fría del Merck, lastrado con sesenta libras de peso en el lomo. Por lo demás, la noche y el aire brumoso me permitían ver menos de lo que vería un lenguado frito: dos o tres difusas manchas blancas delante de mí y dos o tres semejantes detrás. La más próxima, a cuya zaga hacía yo diligente camino, era el capitán Alatriste. Su escuadra iba en vanguardia, precedida sólo por el capitán Bragado y dos guías valones del tercio de Soest, o de lo que quedaba de él, cuya misión, aparte guiarnos por ser gente plática en aquel paraje, consistía en engañar a los centinelas holandeses, acercándose lo bastante para degollarlos sin que diese tiempo a tocar al arma. Habíase elegido a ese efecto un camino que entraba en terreno enemigo tras discurrir entre grandes pantanos y turberas, con pasos muy estrechos que a menudo consistían en diques por los que sólo podían ir los hombres en hilada de uno.

Cambiamos de margen del río, cruzando una empalizada de pontones que nos llevó al dique que separaba la orilla izquierda de los pantanos. La mancha blanca del capitán Alatriste caminaba silenciosa, como de costumbre. Lo había visto equiparse despacio a la puesta de sol: coleto de búfalo bajo la camisa, y sobre ella la pretina con espada, daga y la pistola que le había devuelto el sotalférez Minaya, cuya cazoleta cubrió de sebo para protegerla del agua. También ajustóse al cinto un frasquito de pólvora y una bolsa con diez balas, pedernal de repuesto, yesca y eslabón, por lo que pudiera precisar. Antes de guardar la pólvora comprobó su color, ni muy negra ni muy parda, su grano, que era fino y duro, y se llevó un poco a la lengua para comprobar el salitre. Después le pidió a Copons la piedra de esmeril, y pasó un rato largo adecuando los dos filos de su daga. El grupo de vanguardia, que era el suyo, iba sin arcabuces ni mosquetes, pues ellos debían dar el primer asalto al arma blanca y asegurar a sus camaradas; y para semejante tarea convenía andar ligeros y mover las manos sin embarazo. El furriel de nuestra bandera había pedido mochileros jóvenes y dispuestos, y mi amigo Jaime Correas y yo nos presentamos voluntarios, recordándole que nos habíamos dado ya buena maña en el golpe de mano contra el rastrillo de Oudkerk. Cuando me vio cerca, con mi camisa por fuera, ceñida la daga de misericordia y listo para salir, el capitán Alatriste no dijo que le pareciera bien o que le pareciera mal. Se limitó a asentir con la cabeza, señalándome con un gesto una de las mochilas. Luego, a la luz brumosa de las fogatas, todos pusimos rodilla en tierra, rezóse el padrenuestro en un murmullo que recorrió las filas, nos santiguamos y echamos a andar hacia el noroeste.

La hilera se detuvo de pronto y los hombres se agacharon, pasándonos uno a otro en voz muy baja la palabra de reconocimiento, que sólo entonces acababa de desvelar en cabeza el capitán Bragado: «Amberes». Todo había sido muy explicado antes de la partida, de modo que, sin necesidad de órdenes ni comentarios, una sucesión de camisas blancas fue pasando por mi lado, adelantándose a derecha e izquierda. Oí el chapoteo de los hombres que se movían ahora alejándose por ambos lados del dique, con el agua por la cintura, y el soldado que iba detrás tocóme el hombro, haciéndose cargo de la mochila. El rostro era una mancha oscura, y pude oír su respiración agitada al ceñirse las correas y seguir camino. Cuando volví a mirar al frente, la camisa del capitán Alatriste había desaparecido en la oscuridad y la niebla. Ahora las últimas sombras pasaban por mi lado, desvaneciéndose con amortiguados sonidos de acero que salía de las vainas y el suave cling-clang de arcabuces y pistolas que por fin se cargaban y eran montadas. Avancé todavía unos pasos con ellas hasta que me dejaron atrás, y entonces me tumbé boca abajo en el borde del talud, sobre la hierba húmeda que sus pasos habían revuelto de barro. Alguien gateó por detrás hasta apostarse conmigo. Era Jaime Correas, y los dos nos quedamos allí, hablando en voz muy baja, mirando con ansiedad hacia adelante, a la oscuridad que se había tragado a los cuarenta y cuatro españoles que iban a intentar darles una mala noche a los herejes.

Transcurrió el tiempo de un par de rosarios. Mi camarada y yo estábamos ateridos de frío, y nos apretábamos el uno contra el otro para comunicarnos calor. No se oía nada salvo el discurrir de la corriente por el costado del dique que daba al río.

—Tardan mucho —susurró Jaime.

No respondí. En ese momento imaginaba al capitán Alatriste, el agua fría hasta el pecho, la pistola en alto para tener seca la pólvora, y la daga o la espada en la otra mano, acercándose a los centinelas holandeses que guardaban las esclusas. Luego pensé en Caridad la Lebrijana, y acabé haciéndolo también en Angélica de Alquézar. A menudo, me dije, las mujeres ignoran lo que de cabal y de temible hay en el corazón de algunos hombres.

Sonó un tiro de arcabuz: uno solo, lejano, aislado, en mitad de la noche y de la niebla. Lo estimé a más de trescientos pasos frente a nosotros, que nos agazapamos aún más, sobrecogidos. Después volvió el silencio por un instante, y de pronto quebróse todo en una sucesión furiosa de estampidos, pistoletazos y mosquetería. Excitados, enardecidos por aquello, Jaime y yo intentábamos penetrar las tinieblas, sin resultado. Ahora la escopetada se propagaba a un lado y a otro, subiendo en intensidad, atronando cielo y tierra como si una tormenta descargase sus truenos más allá de la cortina oscura. Hubo un estampido seco, fuerte, y al cabo lo siguieron dos más. Y entonces sí pudimos ver que la bruma clareaba algo: un débil resplandor lechoso y luego rojizo, que se multiplicaba suspendido en las minúsculas gotitas de humedad que llenaban el aire reflejándose en el agua oscura, bajo el talud donde seguíamos tumbados. El dique de Sevenberge estaba en llamas.

Nunca supe cuánto duró aquello; mas sé que, a lo lejos, la noche resonaba como debe de resonar el mismo infierno. Nos incorporamos un poco, fascinados, y en ese momento escuchamos rumor de pasos que venían a la carrera sobre el dique. Luego una sucesión de manchas blancas, de camisas que corrían en la oscuridad, empezó a definirse a través de la niebla, pasando por nuestro lado hacia las líneas españolas. Seguían los estampidos y los arcabuzazos al frente mientras las siluetas claras que venían de allí continuaban pasando veloces, pasos en el barro, imprecaciones, un resuello entrecortado por el esfuerzo, el gemido de alguien maltrecho a quien sostenían los camaradas. Ahora el crepitar de la mosquetería se venía más y más a sus alcances, y las camisas blancas, que al principio llegaban en tropel, empezaron a espaciarse entre ellas.

—¡Vámonos! —me dijo Jaime, echando a correr.

Me incorporé a mi vez, acicateado por una oleada de pánico. No quería quedarme atrás, solo. Aún pasaban rezagados, y en cada mancha blanca yo intentaba reconocer la silueta del capitán Alatriste. Una sombra vino por el dique, indecisa, corriendo con dificultad, ahogada la respiración por un quejido de dolor que se le escapaba a cada paso. Antes de llegar a mí cayó rodando por el talud, y oí su chapoteo al dar en el agua de la orilla. Salté sin pensarlo talud abajo, metiéndome hasta las rodillas en el agua, tanteando entre la bruma oscura hasta alcanzar un cuerpo inmóvil. Sentí un coselete bajo la camisa y un rostro barbudo, helado como la misma muerte: no era el capitán.

La escopetada rugía cada vez más cerca, y se extendía por todas partes. Trepé por el talud hasta lo alto del dique, desorientado, y en ese momento perdí la certeza de cuál era el lado bueno y cuál el lado malo. Ya no se veía resplandor a lo lejos, ni pasaba nadie corriendo, y yo no recordaba a qué costado había caído aquel hombre, ni acertaba ahora en cuál de las dos direcciones correr. Mi cabeza se bloqueó en un silencioso alarido de pánico. Piensa, me dije. Piensa con calma, Íñigo Balboa, o nunca verás amanecer. Me agaché rodilla en tierra, esforzándome por que mi razón se sobrepusiera al descompuesto latir de la sangre en los sesos. El soldado había caído en agua tranquila, recordé. Y entonces caí en la cuenta de que oía el suave rumor del Merck corriendo bajo el talud de mi derecha. El río baja hacia Sevenberge, razoné. Y hemos venido por su orilla derecha, pasando luego al dique de la izquierda por la empalizada de pontones.

Yo apuntaba, por tanto, en dirección equivocada. Así que di media vuelta y me puse a correr, hendiendo la niebla oscura como si en vez de los holandeses tuviera detrás al diablo.

Pocas veces he corrido así en mi vida; prueben vuestras mercedes a hacerlo empapados de agua y barro, y a oscuras. Iba agachando la cabeza, a ciegas, con riesgo de rodar por un talud e irme derecho al Merck. Me sofocaba el aire húmedo y frío, que al entrar en mis pulmones se tornaba ardiente cual si me pincharan agujas al rojo vivo. De pronto, justo cuando empezaba a preguntarme si la habría pasado de largo, di con la empalizada de pontones. Me agarré a los maderos y me ocupé de cruzarla, dando resbalones sobre los maderos mojados. Apenas llegué al otro lado, ya en tierra firme, un fogonazo quebró la oscuridad y sentí a una cuarta de mi cabeza el zurrido de una bala de arcabuz.

—¡Amberes! —grité, arrojándome al suelo.

—Joder —dijo una voz.

Dos siluetas claras, agachadas con precaución, se destacaron entre la niebla.

—Acabas de nacer, camarada —dijo la segunda voz.

Me incorporé, acercándome a ellos. No veía sus rostros, pero sí las manchas blancas de sus camisas y la sombra siniestra de los arcabuces que habían estado a punto de despacharme por la posta.

—¿Es que no ven vuestras mercedes mi camisa? —pregunté, aún descompuesto por la carrera y el susto.

—¿Qué camisa? —dijo uno.

Me palpé el pecho, sorprendido, y no juré porque aún no tenía edad ni hábito de hacerlo. Porque, de haber estado tanto tiempo boca abajo sobre el dique, durante el asalto, mi camisa estaba cubierta de barro.

Capítulo IX

EL MAESTRE Y LA BANDERA

Murió en esos días Mauricio de Nassau, para duelo de los Estados y gran contento de la verdadera religión, no sin antes arrebatarnos, a modo de despedida, la ciudad de Goch, incendiar nuestros bastimentos de Ginneken e intentar tomarnos Amberes con un golpe de mano donde le salió el tiro por el mocho del arcabuz. Mas el hereje, paladín de la abominable secta de Calvino, fuese al infierno sin ver cumplida su obsesión de levantar el cerco de Breda. De modo que, para dar el sentido pésame a los holandeses, nuestros cañones emplearon la jornada en batir muy gentilmente con balas de sesenta libras los muros de la ciudad, y al romper el alba les volamos con mina un baluarte con treinta fulanos dentro, despertándolos de muy mala manera y demostrando que no a todo el que madruga Dios lo ayuda.

A tales fechas del negocio, lo de Breda no era ya para España cuestión de interés militar, sino de reputación. Estaba el mundo en suspenso, aguardando el triunfo o el fracaso de las armas del rey católico. Hasta el sultán de los turcos —a quien malos sudores diera Cristo— esperaba el desenlace para ver si el rey nuestro señor salía poderoso o mermado del trance; y de la Europa convergían los ojos de todos reyes y príncipes, en especial los de la Francia y la Inglaterra, siempre avizor para sacar tajada de nuestras desgracias y dolerse de los goces españoles; como ocurría también en el Mediterráneo con los venecianos y hasta con el papa de Roma. Que su santidad, pese a ser vicario de la Divinidad en la tierra y toda la parafernalia, y pese también a que éramos los españoles quienes hacíamos el trabajo sucio en Europa, arruinándonos en defensa de Dios y María Santísima, procuraba fastidiarnos cuanto podía, y aún más, por celos de nuestra influencia en Italia. Que no hay como ser grande y temible un par de siglos para que enemigos de bellaca intención, lleven tiara o no, crezcan por todas partes; y so capa de buenas palabras, sonrisas y diplomacia, procuren hacerte muy minuciosamente la puñeta. Aunque en el caso del sumo pontífice, la hiel era en cierto modo comprensible. A fin de cuentas, y justo un siglo antes de lo de Breda, su antecesor Clemente VII había tenido que poner pies en polvorosa, remangándose la sotana para correr más deprisa y refugiarse en el castillo de Santángelo, cuando los españoles y los lansquenetes de nuestro emperador Carlos V —que llevaban sin cobrar una paga desde que el Cid Campeador era cabo— asaltaron sus murallas y saquearon Roma sin respetar palacios de cardenales, ni mujeres, ni conventos. Que sobre ese particular, de justicia es entender que hasta los papas tienen su buena memoria y su pizca de honrilla.

—Ha llegado una carta para ti, Íñigo.

Alcé, sorprendido, la mirada hacia el capitán Alatriste. Estaba de pie ante el chabolo de mantas, fajina y tierra donde yo me entretenía con algunos camaradas; y tenía el sombrero puesto y el raído capote de paño sobre los hombros, cuyo faldón la vaina de su espada alzaba un poco por detrás. El ala ancha del chapeo, el tupido mostacho y la nariz aguileña adelgazaban su rostro, que se veía pálido pese a estar curtido por la intemperie. Y lo cierto es que hallábase más flaco que de costumbre. La buena salud habíale faltado algunos días por beber agua corrompida —también el pan estaba mohoso, y la carne, cuando la había, tenía gusanos—, encendiéndole de calor el cuerpo e inficionándole la sangre con calenturas tercianas muy ardientes. El capitán no era amigo, sin embargo, de sangrías ni purgantes; que matan, decía, más que remedian. Así que venía del campo de los vivanderos, donde un conocido que hacía las veces de barbero y de boticario le había recetado cierto cocimiento de hierbas para bajar las fiebres.

—¿Una carta para mí?

—Eso parece.

Dejé a Jaime Correas y a los otros y salí afuera sacudiéndome la tierra de los calzones. Estábamos lejos del alcance de las murallas, junto a unos reparos próximos a la empalizada donde se guardaban los carros de bagaje y las bestias de carga, y a ciertas barracas que hacían función de tabernas, cuando había vino, y de burdel para la tropa, con mujeres alemanas, italianas, flamencas y españolas. Los mochileros solíamos merodear por el sitio, con todo el arte y la picaresca que nuestro oficio y nuestros pocos años nos daban, buscándonos la vida con razonable holgura. Raro era que no regresáramos de los forrajeos con dos o tres huevos, unas manzanas, velas de sebo o cualquier utilidad que pudiera ser vendida o trocada. Socorría yo con esta industria al capitán Alatriste y a sus camaradas; y también, cuando me venía un golpe de suerte, beneficiaba mis propios asuntos, incluida alguna visita con Jaime Correas a la barraca de la Mendoza, cuya entrada nadie había vuelto a disputarme desde aquella conversación que Diego Alatriste y el valenciano Candau mantuvieron tiempo atrás, a orillas del dique. El capitán, que estaba al tanto, habíame reconvenido discretamente por ello; pues las mujeres que acompañan a los soldados, decía, siempre son causa de bubas, pestilencias y estocadas. Lo cierto es que ignoro cuál fue su relación con tales hembras en otros tiempos; mas puedo decir que nunca, en Flandes, vilo entrar en una casa o tienda que tuviese el cisne colgado en la puerta. Supe, eso sí, que un par de veces, con licencia del capitán Bragado, habíase llegado a Oudkerk, que ahora guarnecía una bandera borgoñona, a visitar a la flamenca de la que en otra ocasión hablé. Rumoreábase que la última vez había tenido Alatriste malos verbos con el marido, a quien terminó arrojando a patadas en el culo al canal, e incluso tuvo que meter mano a la espada cuando un par de borgoñones quisieron procesionar donde nadie les daba cirio. Desde entonces no había vuelto a ir por allí.

En cuanto a mí, la naturaleza de mis sentimientos estaba dividida respecto al capitán, aunque yo apenas era consciente de ello. De una parte lo obedecía con disciplina, profesándole la sincera devoción que harto conocen vuestras mercedes. De la otra, como todo mozo en creciente vigor, empezaba a sentir el apremio de su sombra. Flandes había operado en mí las transformaciones de ordenanza en un rapaz que vive entre soldados y tiene, además, oportunidad de pelear por su vida, su reputación y su rey. Veníanme además en los últimos tiempos muchas preguntas sin respuesta; preguntas que los silencios de mi amo ya no llenaban. Todo eso hacíame considerar la idea de sentar plaza de soldado; que si es cierto que aún no alcanzaba edad para ello —raro era entonces servir con menos de diecisiete o dieciocho años, y para eso era necesario mentir—, un golpe de suerte podría, tal vez, facilitar las cosas. A fin de cuentas, el propio capitán Alatriste había sentado plaza con apenas quince, en el asedio de Hulst. Fue durante una famosa jornada, cuando para divertir al enemigo sobre las intenciones del asalto al fuerte de la Estrella, mochileros, pajes y mozos salieron armados con picas, banderas y tambores, y se les hizo rodear por un dique a fin de que el enemigo los tomase por tropas de refresco. Después el asalto fue sangriento; tanto que los más de los mozos, viéndose armados y enardecidos por la batalla, corrieron en socorro de sus amos, entrando en fuego con mucho valor. Diego Alatriste, que a la sazón era mochilero tambor de la bandera del capitán Pérez de Espila, fue adelante con todos. Y tan bien riñeron algunos, Alatriste entre ellos, que el príncipe cardenal Alberto, que ya era gobernador de Flandes y mandaba en persona el asedio, los favoreció procurándoles plazas de soldados.

—Llegó esta mañana, con la posta de España.

Cogí la carta que el capitán me tendía. El pliego era de buen papel, tenía el lacre intacto y mi nombre estaba en el sobrescrito:

Señor don Diego Alatriste, a la atención de Íñigo Balboa ❦ En la bandera del capitán don Carmelo Bragado, del tercio de Cartagena ❦ Posta militar de Flandes.

Me temblaron las manos cuando di vuelta al sobre, señado con las iniciales *A. de A.* Sin decir palabra, sintiendo en mí los ojos de Alatriste, fuime despacio a un lugar un poco apartado, donde las mujeres de los tudescos lavaban la ropa en un estrecho ramal del río. Los tudescos, como algunos españoles, solían tomar por mujeres a rameras retiradas que les aliviaban las ganas y también la miseria lavando ropa de soldados, o vendiendo aguardiente, leña, tabaco y pipas a quienes lo precisaban —ya dije que en Breda llegué a ver tudescas trabajando en las trincheras, para ayudar a sus maridos—. El caso es que cerca del lavadero había un árbol desmochado para hacer leña, con una gran piedra debajo; y sentéme allí sin quitar los ojos de aquellas iniciales, sosteniendo incrédulo la carta entre las manos. Sabía que el capitán me miraba todo el tiempo, así que esperé a que se calmaran los latidos de mi corazón; y luego, procurando que mis gestos no traicionasen la impaciencia, deshice el lacre y desdoblé la carta.

Señor don Íñigo:
He tenido noticias de vuestras andanzas, y me huelgo de saber que servís en Flandes. Creedme que os envidio por ello.

Espero que no me guardéis demasiado rencor por las molestias que hubisteis de sufrir tras nuestro último encuentro. Después de todo, un día os oí decir que moriríais por mí. Tomadlo entonces como lance de la vida, que junto a los malos ratos también os da satisfacciones como servir al rey nuestro señor o, quizá, recibir esta carta mía.

Debo confesar que no puedo evitar recordaros cada vez que paseo por la fuente del Acero. Por cierto, tengo entendido que extraviasteis el lindo amuleto que allí os regalé. Algo imperdonable en tan cumplido galán como vos.

Espero veros algún día en esta corte con espada y espuelas. Hasta entonces, contad con mi recuerdo y mi sonrisa.

Angélica de Alquézar

PS: Celebro que sigáis vivo todavía. Tengo planes para vos.

Acabé de leer la carta —lo hice tres veces, pasando sucesivamente del estupor a la felicidad, y luego a la melancolía— y me estuve largo rato mirando el papel, desdoblado sobre los remiendos que hacían de rodilleras en mis calzones. Yo estaba en Flandes, en la guerra, y ella pensaba en mí. Ocasión habrá, en caso de que me queden ganas y vida para seguir contando a vuestras mercedes las aventuras del capitán Alatriste y las mías propias, de referirme a esos planes que Angélica de Alquézar tenía para mi persona en aquel año veinticinco del siglo, contando ella trece o catorce años y estando yo sobre los quince. Planes que, de adivinarlos, habríanme hecho temblar a un tiempo de pavor y de dicha. Adelantaré tan sólo que aquella lindísima y malvada cabecita de tirabuzones rubios y ojos azules, por alguna oscura razón que sólo se explica en el secreto que ciertas mujeres singulares encierran ya desde niñas en lo más profundo de su alma, aún había de poner en peligro mi cuello y mi salvación eterna muchas veces en adelante. E iba a hacerlo siempre de la misma forma contradictoria, fría, deliberada, con que a la vez me amó, creo, y también procuró mi desgracia toda su vida. Y fue así hasta que me la arrebató —o me liberó de ella, vive Dios, que tampoco de esa contradicción estoy seguro— su temprana y trágica muerte.

—Tal vez tengas algo que contarme —dijo el capitán Alatriste.

Había hablado con suavidad, sin matices en la voz. Volvíme a mirarlo. Estaba sentado junto a mí, en la piedra bajo el árbol desmochado, y allí había permanecido todo el rato sin interrumpirme en la lectura. Tenía el sombrero en la mano y miraba lejos, el aire ausente, en dirección a los muros de Breda.

—No hay mucho que decir —respondí.

Asintió despacio, como aceptando mis palabras, y con dos dedos se acarició ligeramente el bigote. Callaba. Su perfil inmóvil parecía el de un águila morena, tranquila, descansando en lo alto de un risco. Observé las dos cicatrices de su cara —en una ceja y en la frente— y la del dorso de su mano izquierda, recuerdo de Gualterio Malatesta en el portillo de las Ánimas. Había más bajo sus ropas, hasta sumar ocho en total. Luego miré la empuñadura bruñida de la espada, sus botas remendadas y sujetas con cuerdas de arcabuz, los trapos que asomaban por los agujeros de las suelas, los zurcidos de su deshilachado capote de paño pardo. Tal vez, pensé, también él amó una vez. Quizás a su manera aún ama; y eso incluya a Caridad la Lebrijana, y a la flamenca rubia y silenciosa de Oudkerk.

Lo oí suspirar muy quedo, apenas un rumor expulsando aliento de los pulmones, e hizo amago de levantarse. Entonces le alargué la carta. La tomó sin decir palabra y me estuvo observando antes de leerla; pero ahora era yo quien miraba los lejanos muros de Breda, tan inexpresivo como él hacía un instante. Por el rabillo del ojo noté que la mano de la cicatriz subía de nuevo para acariciar con dos dedos el mostacho. Luego leyó en silencio. Al cabo, escuché el crujido del papel al doblarse, y tuve otra vez la carta en mis manos.

—Hay cosas... —dijo al cabo de un momento.

Luego calló, y creí que eso era todo. Lo que no habría sido extraño en hombre más dado a silencios que a palabras, como era su caso.

—Cosas —prosiguió por fin— que ellas saben desde que nacen... Aunque ni siquiera sepan que las saben.

Se interrumpió otra vez. Lo sentí removerse incómodo, buscando un modo de terminar aquello.

—Cosas que a los hombres nos lleva toda una vida aprender.

Después calló de nuevo, y ya no dijo nada más. Nada de ten cuidado, precávete de la sobrina de nuestro enemigo, ni otros comentarios de esperar en tales circunstancias; y que por mi parte, como él sabía sin duda, habría desoído en el acto con la arrogancia de mi insolente mocedad. Luego se estuvo todavía un poco mirando la ciudad a lo lejos, caló el chapeo y se puso en pie, acomodando el capote en sus hombros. Y yo me quedé viéndolo irse de regreso a las trincheras, mientras me preguntaba cuántas mujeres, y cuántas estocadas, y cuántos caminos, y cuántas muertes, ajenas y propias, debe conocer un hombre para que le queden en la boca esas palabras.

Fue a mediados de mayo cuando Enrique de Nassau, sucesor de Mauricio, quiso probar fortuna por última vez, acudiendo en socorro de Breda para dar con nuestros huevos fritos en la ceniza. Y plugo a la mala fortuna que en esas fechas, justo la víspera prevista por los holandeses para el ataque, nuestro maestre de campo y algunos oficiales de su plana mayor estuviesen girando una ronda de inspección por los diques del noroeste, a cuyo efecto la escuadra del capitán Alatriste, destacada esa semana en tal menester, oficiaba de escolta. Marchaba don Pedro de la Daga con el aparato que solía, él y media docena a caballo, con su bandera de maestre de tercio, seis tudescos con alabardas y una docena de soldados, entre los que se contaban Alatriste, Copons y los otros camaradas, a pie, arcabuces y mosquetes al hombro, abriendo y cerrando plaza a la comitiva. Yo iba con los últimos, cargado con mi mochila llena de provisiones y reservas de pólvora y balas, mirando el reflejo de la hilera de hombres y caballos en el agua quieta de los canales, que el sol enrojecía a medida que progresaba su declinar en el horizonte. Era un atardecer tranquilo, de cielo despejado y agradable temperatura; y nada parecía anunciar los acontecimientos que estaban a punto de desencadenarse.

Había movimiento de tropas holandesas en el paraje, y don Pedro de la Daga tenía órdenes de nuestro general Spínola para echar un vistazo a las posiciones de los italianos junto al río Merck, en el angosto camino de los diques de Sevenberge y Strudenberge, a fin de comprobar si hacía falta reforzarlas con una bandera de españoles. La intención de Jiñalasoga era pernoctar en el cuartel de Terheyden con el sargento mayor del tercio de Campo Látaro, don Carlos Roma, y tomar al día siguiente las disposiciones necesarias. Llegamos así a los diques y al fuerte de Terheyden antes de la puesta de sol, y todo ejecutóse como venía dispuesto, alojándose nuestro maestre y los oficiales en tiendas previstas para ello, y asignándosenos a nosotros un pequeño reducto de empalizada y cestones, a cielo abierto, donde nos instalamos envueltos en nuestros capotes, tras cenar un magro bocado que los italianos, alegres y buenos camaradas, nos ofrecieron al llegar. El capitán Alatriste llegóse a la tienda del maestre a preguntar si a éste se le ofrecía algún servicio; y don Pedro de la Daga, con su grosería y desdén habitual, respondióle que para nada lo necesitaba, y que dispusiera a conveniencia. A su vuelta, como estábamos en lugar desconocido y entre los de Látaro había lo mismo gente de honra que otra poco de fiar, el capitán decidió que, con italianos o sin ellos, hiciésemos nuestra propia guardia. Así que designó a Mendieta para la prima, a uno de los Olivares para la segunda, y reservó para sí la de tercia. Quedóse Mendieta por tanto junto al fuego, el arcabuz cargado y la cuerda encendida, y los otros nos echamos a dormir como cada cual pudo arreglarse.

Rompía el alba cuando me despertaron ruidos extraños y gritos llamando al arma. Abrí los ojos a una mañana sucia y gris, y en ella vi moverse a mi alrededor a Alatriste y los otros, todos armados hasta los dientes, encendidas las mechas de los arcabuces, cebando cazoletas y atacando a toda prisa balas en los caños. En las cercanías remontaba una escopetada ensordecedora, y oíanse con gran confusión voces en lenguas de todas las naciones. Supimos luego que Enrique de Nassau había enviado por el estrecho dique a su mosquetería inglesa, que era gente escogida, y a doscientos coseletes, todos con armas fuertes, guiados por el coronel inglés Ver; y para sustentarlos seguían franceses y alemanes, todos hasta número de seis mil, precediendo a una retaguardia holandesa de artillería gruesa, carruajes y caballería. A pique del alba habían dado con gran ánimo los ingleses sobre el primer reducto italiano, guarnecido por un alférez y pocos soldados, echando de allí a algunos con granadas de fuego y degollando al resto. Luego, poniendo la arcabucería arrimada al reducto, ganaron con la misma felicidad y osadía la media luna que cubría la puerta del fuerte, trepando con manos y pies por el muro. Y ocurrió que los italianos que defendían las trincheras, viendo al enemigo tan adelante y ellos descubiertos por aquel lado, echaron la soga tras el caldero y las desampararon. Peleaban los ingleses con mucho esfuerzo y honra, sin que faltase nada a su valor, hasta el punto de que la compañía italiana del capitán Camilo Fenice, que acudía a sostener el fuerte, viéndose muy apretada volvió espaldas con no poca vergüenza; quizá por hacer verdad aquello que Tirso de Molina había dicho de ciertos soldados:

Echar catorce reniegos,
arrojar treinta porvidas,
acoger hembras perdidas,
sacar barato en los juegos;
y en batallas y rebatos,
cuando se topa conmigo,
enseñar al enemigo
la suela de mis zapatos.

El caso era que, no con versos sino con muy arriscada prosa, habían llegado los ingleses también hasta las tiendas donde pernoctaban nuestro maestre de campo y sus oficiales; y viéronse todos ellos fuera y en camisa, armados como Dios les permitió, dando estocadas y pistoletazos entre los italianos que huían y los ingleses que llegaban. Desde el lugar donde estábamos nosotros, distante un centenar de pasos de las tiendas, vimos la desbandada italiana y el tropel de ingleses, punteado todo ello por los fogonazos de las armas que la luz grisácea del amanecer dejaba ver relampagueando por todas partes. El primer impulso de Diego Alatriste fue acudir con su escuadra a las tiendas; pero apenas puso el pie sobre el parapeto diose cuenta de que todo era en vano, pues los fugitivos pasaban corriendo el dique, y nadie huía por el nuestro porque tras éste no había salida: era una pequeña elevación de tierra con el agua de un pantano a la espalda. Sólo don Pedro de la Daga, sus oficiales y la escolta tudesca retrocedían hacia el reducto, batiéndose sin perder la cara al enemigo que les cortaba la retirada por donde corrían los otros, mientras el alférez Miguel Chacón intentaba poner a salvo la bandera. Al ver que el pequeño grupo quería alcanzar nuestro reducto, Alatriste alineó a los hombres tras los cestones y dispuso fuego continuo para protegerles la retirada, calando él mismo su arcabuz para dar un tiro tras otro. Yo estaba acuclillado tras el parapeto, acudiendo a dar pólvora y balas cuando me las reclamaban. Veníasenos ya todo aquello encima, y remontaba el alférez Chacón la pequeña cuesta cuando un arcabuzazo entróle por la espalda, dando con él en tierra. Vimos su rostro barbudo, con canas de soldado viejo, crispado por el dolor al intentar alzarse de nuevo, buscando con dedos torpes el asta de la bandera que se le había escapado de las manos. Aún llegó a asirla, alzándose un poco con ella, pero otro tiro lo tumbó boca arriba. Quedó la enseña tirada en el terraplén, junto al cadáver del alférez que tan honradamente había hecho su obligación, cuando Rivas saltó desde los cestones a buscarla. Ya conté a vuestras mercedes que Rivas era del Finisterre, que es como decir de donde Cristo dio las siete voces; el último, pardiez, a quien uno imagina saliendo del parapeto en busca de una bandera que ni le va ni le viene. Pero con los gallegos nunca se sabe, y hay

210

hombres que te dan esa clase de sorpresas. El caso es que allá fue el buen Rivas, como decía, y bajó seis o siete varas corriendo la cuesta antes de caer pasado de varios tiros, rodando terraplén abajo, casi hasta los pies de don Pedro de la Daga y sus oficiales que, desbordados por los atacantes, veíanse acuchillados allí sin misericordia. Los seis tudescos, como gente que hace su oficio sin echarle imaginación ni complicarse la vida cuando la tienen bien pagada, se hicieron matar como Dios manda, vendiendo cara la piel alrededor de su maestre de campo; que había tenido tiempo de coger la coraza y eso le permitía tenerse en pie, pese a que llevaba ya dos o tres ruines cuchilladas en el cuerpo. Seguían llegando ingleses, que gritaban seguros de la empresa, a los que la bandera tirada en mitad del terraplén azuzaba el valor, pues una bandera capturada era fama de quien la lograba y vergüenza de quien la perdía; y en aquélla, escaqueada de blanco y azul con banda roja, estaba —eso decían los usos de la época— la honra de España y del rey nuestro señor.

—*No quarter!... No quarter!* —voceaban los hideputas.

Nuestra escopetada dio con varios de ellos en tierra, pero a esas alturas nada más podía hacerse por don Pedro de la Daga y sus oficiales. Uno de ellos, irreconocible por tener la cara abierta a tajos, intentó alejar a los ingleses para que escapase el maestre de campo; pero de justicia es decir que Jiñalasoga fue fiel a sí mismo hasta el final: zafándose con un manotazo del oficial que le tiraba del codo, incitándolo a subir la cuesta, perdió la espada en el cuerpo de un inglés, abrasó de un pistoletazo la cara de otro, y luego, sin agacharse ni hurtar el cuerpo, tan arrogante camino del infierno como lo había sido en vida, se dejó acuchillar hasta la muerte por una turba de ingleses, que habían reconocido su calidad y se disputaban sus despojos.

—*No quarter!… No quarter!*

Sólo quedaban dos supervivientes de los oficiales, que echaron a correr terraplén arriba aprovechando que los atacantes se cebaban en el maestre. Uno murió a los pocos pasos, horadado de parte a parte por una pica. El otro, el de la cara abierta a tajos, llegó dando traspiés hasta la bandera, se inclinó para recogerla, alzóse de nuevo, y aún pudo dar tres o cuatro pasos antes de caer acribillado a tiros de pistola y mosquetazos. Quedó de nuevo la enseña en tierra, pero arriba nadie se ocupó de ella porque todos estaban muy ocupados en dar buenas rociadas de arcabuz a los ingleses que empezaban a aventurarse cuesta arriba, dispuestos a añadir al cuerpo del maestre de campo el trofeo de la enseña. Yo mismo, sin dejar de repartir la pólvora y las balas cuya provisión menguaba peligrosamente, aproveché los intervalos para cargar y disparar una y otra vez, por entre los cestones, el arcabuz que había dejado Rivas. Lo cargaba con torpeza, pues era enorme en mis manos, y sus coces de mula me dislocaban el hombro. Aun así hice no menos de cinco o seis disparos. Atacaba la onza de plomo en la boca del caño, cebaba de pólvora la cazoleta con mucho cuidado, y luego calaba la cuerda en el serpentín, procurando tapar la cazoleta al soplar la mecha, como tantas veces había visto hacer al capitán y a los otros. Sólo tenía ojos para el combate y oídos para el tronar de la pólvora, cuya humareda negra y acre me ofendía ojos, narices y boca. La carta de

212

Angélica de Alquézar yacía olvidada dentro del jubón, contra mi pecho.

—Si salgo de ésta —mascullaba Garrote, recargando con prisa el arcabuz— no vuelvo a Flandes ni por lumbre.

Proseguía mientras el combate en los muros del fuerte y sobre el dique que había debajo. Viendo huir a la gente del capitán Fenice, que murió en la puerta haciendo con mucho pundonor su deber, el sargento mayor don Carlos Roma, que era hombre de los que se visten por los pies, había tomado él mismo una rodela y una espada, y poniéndose delante de los fugitivos intentaba restaurar la pelea, consciente de que si podía frenar a los atacantes, al ser angosto el dique por el que llegaban era posible irlos empujando hacia atrás; pues al agolparse en éste sólo podrían pelear los primeros. Así, poco a poco, iba emparejándose el reñir por aquella parte; y los italianos, ahora rehechos y con renovado coraje en torno a su sargento mayor, batíanse ya con buena raza —que los de esa nación, si tienen ganas y motivos, saben hacerlo muy bien cuando quieren—, echando a los ingleses abajo desde el muro y dando al traste con el ataque principal.

Por nuestro lado las cosas iban peor: un centenar de ingleses, muy arrimados, amenazaba ya alcanzar el terraplén, la enseña caída y los cestones del reducto, sólo estorbados por el mucho daño que nuestros arcabuces, escupiéndoles balas a menos de veinte pasos, hacíanles de continuo.

—¡Se acaba la pólvora! —avisé con un grito.

Era cierto. Apenas quedaba para dos o tres descargas más de cada uno. Curro Garrote, blasfemando como un condenado a galeras, se agachó tras el parapeto, un brazo mal estropeado de un mosquetazo. Pablo Olivares se hizo cargo de la provisión de dos tiros que le quedaba al malagueño, y estuvo disparando hasta agotar esa y la suya propia. De los otros, Juan Cuesta, gijonés, llevaba un rato muerto entre los cestones, y pronto lo acompañó Antonio Sánchez, que era soldado viejo y de Tordesillas. Fulgencio Puche, de Murcia, se desplomó después con las manos en la cara y sangrando entre los dedos como un verraco. El resto disparó sus últimos tiros.

—Esto es cosa hecha —dijo Pablo Olivares.

Nos mirábamos unos a otros, indecisos, con los gritos de los ingleses sonando cada vez más cerca, en la ladera. Aquel griterío me producía un gran pavor, un infinito desconsuelo. Nos quedaba menos tiempo que el necesario para un credo, sin otra opción que ellos o las aguas del pantano. Algunos empezaron a sacar las espadas.

—La bandera —dijo Alatriste.

Varios lo miraron como si no entendieran sus palabras. Otros, Copons el primero, se incorporaron acercándose al capitán.

—Razón tiene —dijo Mendieta—. Mejor con bandera, pues.

Lo entendí. Mejor junto a la bandera, peleando en torno a ella, que allí arriba tras los cestones, como conejos. Entonces ya no sentí más el miedo, sino un cansancio muy hondo y muy viejo, y ganas de terminar con todo aquello. Quería cerrar los ojos y dormir durante una eternidad. Noté cómo se me erizaba la piel de los brazos cuando eché mano a mis riñones para desenfundar la daga. Mano y daga me temblaban, así que la apreté muy fuerte. Alatriste vio el gesto, y por una brevísima fracción de tiempo sus ojos claros relampaguearon en algo que era al mismo tiempo una disculpa y una sonrisa. Luego desnudó la toledana, se quitó el sombrero y el correaje con los doce apóstoles, y sin decir una palabra fue a encaramarse al parapeto.

—¡España!… ¡Cierra España! —gritaron algunos, yéndole detrás.

—¡Ni España ni leches! —masculló Garrote, levantándose renqueante con la espada en la mano sana—… ¡Mis cojones!… ¡Cierran mis cojones!

Ignoro cómo ocurrió, pero sobrevivimos. Mis recuerdos de la ladera del reducto de Terheyden son confusos, igual que lo fue aquella acometida sin esperanza. Sé que aparecimos en lo alto del parapeto, que algunos se persignaron atropelladamente, y luego, como una jauría de perros salvajes, echamos todos a correr cuesta abajo gritando como locos, blandiendo dagas y espadas, cuando los primeros ingleses estaban a punto de coger del suelo la bandera. Se detuvieron en seco éstos, espantados por aquella aparición inesperada cuando daban por rota nuestra resistencia; y aún estaban así, mirando para arriba con las manos alargadas hacia el asta de la enseña, cuando les fuimos encima, degollándolos a mansalva. Caí sobre la bandera, apretándola entre mis brazos y resuelto a que nadie me quitara aquel trozo de lienzo si no era con la vida, y rodé con ella terraplén abajo, sobre los cuerpos del oficial muerto, y del alférez Chacón, y del buen Rivas, y sobre los ingleses que Alatriste y los demás iban tajando a medida que descendían la ladera, con tal ímpetu y ferocidad —la fuerza de los desesperados es no esperar salvación alguna— que los ingleses, espantados por la acometida, empezaron a flaquear mientras eran heridos, y a caer, y a tropezar unos con otros. Y luego uno volvió la espalda, y otros lo imitaron, y el capitán Alatriste, y Copons, y los Olivares, y Garrote y los otros, estaban rojos de sangre enemiga, ciegos de matar y de matar. E inesperadamente los ingleses echaron a correr, tal como lo cuento, echaron a correr por docenas, se fueron para atrás y los nuestros seguían hiriéndolos por las espaldas; y llegaron así junto al cadáver de don Pedro de la Daga y siguieron más allá, dejando el suelo convertido en una carnicería, en un rastro sanguinolento de ingleses acuchillados sobre los que yo, que tropezaba y rodaba con la bandera bien sujeta entre los brazos, los seguía aullando con todas mis fuerzas, gritando a voces mi desesperación, y mi rabia, y el coraje de la casta de los hombres y mujeres que me hicieron. Y vive Dios que yo había de conocer aún muchos lances y combates, alguno tan apretado como ése. Pero todavía me echo a llorar como el chiquillo que era cuando recuerdo aquello; cuando me veo a mí mismo con apenas quince años, abrazado al absurdo trozo de lienzo ajedrezado de azul y blanco, gritando y corriendo por la sangrienta ladera del reducto de Terheyden, el día que el capitán Alatriste buscó un buen lugar donde morir, y yo lo seguí a través de los ingleses, con sus camaradas, porque íbamos a caer todos de cualquier manera, y porque nos habría avergonzado dejarlo ir solo.

Epílogo

El resto es un cuadro, y es Historia. Lo era ya nueve años más tarde, la mañana en que crucé la calle para entrar en el estudio de Diego Velázquez, ayuda del guardarropa del rey nuestro señor, en Madrid. Era un día invernal y gris todavía más desapacible que los de Flandes, el hielo de los charcos crujía bajo mis botas con espuelas, y pese al embozo de la capa y el chapeo bien calado, el aire frío me cortaba el rostro. Por eso agradecí la tibieza del corredor oscuro, y luego, en el amplio estudio, el fuego de la chimenea que ardía alegremente, junto a los ventanales que iluminaban lienzos colgados en la pared, dispuestos en caballetes o arrinconados sobre la tarima de madera que cubría el suelo. La habitación olía a pintura, mezclas, barnices y aguarrás; y también olía, y muy bien, el pucherete que junto a la chimenea, sobre un hornillo, calentaba caldo de ave con especias y vino.

—Sírvase vuestra merced, señor Balboa —dijo Diego Velázquez.

Un viaje a Italia, la vida en la corte y el favor de nuestro rey don Felipe Cuarto le habían hecho perder buena parte de su acento sevillano desde el día en que lo vi por primera vez, cosa de once o doce años atrás, en el mentidero de San Felipe. Ahora limpiaba unos pinceles muy minuciosamente, con un paño limpio, alineándolos luego sobre la mesa. Estaba vestido con una ropilla negra salpicada de manchas de pintura, tenía el pelo en desorden y el bigote y la perilla sin arreglar. El pintor favorito de nuestro monarca nunca se aseaba hasta media mañana, cuando interrumpía su labor para hacer un descanso y calentarse el estómago después de haber trabajado unas horas desde la primera buena luz del día. Ninguno de sus íntimos osaba molestarlo antes de esa pausa de media mañana. Luego seguía un poco más hasta la tarde, cuando tomaba una colación. Después, si no lo requerían asuntos de su cargo en palacio o compromisos de fuerza mayor, paseaba por San Felipe, la plaza Mayor o el Prado bajo, a menudo en compañía de don Francisco de Quevedo, Alonso Cano y otros amigos, discípulos y conocidos.

Dejé capa, guantes y sombrero sobre un escabel y lleguéme al puchero, vertí un cazo en una jarra de barro vidriado y estuve calentándome con ella las manos mientras lo bebía a cortos sorbos.

—¿Cómo va lo del palacio? — pregunté.

—Despacio.

Reímos un poco ambos con la vieja broma. Por aquel tiempo, Velázquez se enfrentaba a la grave tarea de acondicionar las salas de pintura del salón de reinos en el nuevo palacio del Buen Retiro. Tal y otras mercedes le habían sido concedidas directamente por el rey, y él estaba harto complacido con ellas. Pero eso, se lamentaba a veces, le quitaba espacio y sosiego para trabajar a gusto. Por ello acababa de ceder el cargo de ujier de cámara a Juan Bautista del Mazo, conformándose con la dignidad de ayuda del guardarropa real, sin ejercicio.

—¿Qué tal está el capitán Alatriste? —inquirió el pintor.

—Bien. Os manda sus saludos... Ha ido a la calle de Francos con don Francisco de Quevedo y el capitán Contreras, a visitar a Lope en su casa.

—¿Y cómo se encuentra el Fénix de los ingenios?

—Mal. La fuga de su hija Antoñita con Cristóbal Tenorio fue un golpe muy duro... Sigue sin reponerse.

—Tengo que encontrar un rato libre para ir a verlo... ¿Ha empeorado mucho?

—Todos temen que no pase de este invierno.

—Lástima.

Bebí un par de sorbos más. Aquel caldo quemaba, pero devolvía la vida.

—Parece que habrá guerra con Richelieu —comentó Velázquez.

—Eso dicen en las gradas de San Felipe.

Fui a dejar la jarra sobre una mesa, y de camino me detuve ante un cuadro terminado y puesto en un caballete, a falta sólo de la capa de barniz. Angélica de Alquézar estaba bellísima en el lienzo, vestida de raso blanco con alamares pasados de oro y perlas minúsculas, y una mantilla de encaje de Bruselas sobre los hombros; sabía que era de Bruselas porque se la había regalado yo. Sus ojos azules miraban con irónica fijeza, y parecían seguir todos mis movimientos por la habitación, como de hecho lo hacían a lo largo y ancho de mi vida. Encontrarla allí hízome sonreír para los adentros; hacía sólo unas horas que me había separado de ella, saliendo a la calle envuelto en mi capa al filo de la madrugada —la mano en la empuñadura de la espada por si me aguardaban afuera los sicarios de su tío—, y aún tenía en los dedos, en la boca y en la piel, el aroma delicioso de la suya. También llevaba en el cuerpo el ya cicatrizado recuerdo de su daga, y en el pensamiento sus palabras de amor y de odio, tan sinceras y mortales unas como otras.

—Os he conseguido —dije a Velázquez— el boceto de la espada del marqués de los Balbases... Un antiguo camarada que la vio muchas veces la recuerda bastante bien.

Volví la espalda al retrato de Angélica. Luego saqué el papel que llevaba doblado bajo la ropilla, y se lo ofrecí al pintor.

—Era de bronce y oro de martillo en la empuñadura. Ahí verá vuestra merced cómo iban las guardas.

Velázquez, que había dejado el trapo y los pinceles, contemplaba el boceto con aire satisfecho.

—En cuanto a las plumas de su chapeo —añadí— sin duda eran blancas.

—Excelente —dijo.

Puso el papel sobre la mesa y miró el cuadro. Estaba destinado a decorar el salón de reinos y era enorme, colocado sobre un bastidor especial sujeto a la pared, con una escalera para trabajar en su parte superior.

—Al final os hice caso —añadió, pensativo—. Lanzas en vez de banderas.

Yo mismo le había contado los detalles en largas conversaciones sostenidas durante los últimos meses, después que don Francisco de Quevedo le aconsejara documentar con mi concurso los pormenores de la escena. Para realizarla, Diego Velázquez había decidido prescindir de la furia de los combates, el choque de los aceros y otra materia de rigor en escenas comunes de batallas, procurando la serenidad y la grandeza. Quería, me dijo más de una vez, lograr una situación que fuese al tiempo magnánima y arrogante, y también pintada a la manera que él solía: con la realidad no como era, sino como la mostraba; expresando las cosas que decía conforme a la verdad, mas sin concluirlas, de modo que todo lo demás, el contexto y el espíritu sugeridos por la escena, fuesen trabajo del espectador.

—¿Qué os parece? —me preguntó con suavidad.

Conocía yo de sobra que mi criterio artístico, poco de fiar en un soldado de veinticuatro años, se le daba una higa. Era otra cosa lo que demandaba, y lo entendí por la forma en que me observó casi con recelo, un poco a hurtadillas, a medida que mis ojos recorrían el cuadro.

—Fue así y no fue así —dije.

Arrepentíme de aquellas palabras apenas salieron de mis labios, pues temí incomodarlo. Pero se limitó a sonreír un poco.

—Bueno —dijo—. Ya sé que no hay ningún cerro de esa altura cerca de Breda, y que la perspectiva del fondo es un tanto forzada —dio unos pasos y se quedó mirando el cuadro con los brazos en jarras—. Pero la escena resulta, y es lo que importa.

—No me refería a eso —apunté.

—Sé a qué os referís.

Fue hasta la mano con que el holandés Justino de Nassau tiende la llave a nuestro general Spínola —la llave todavía no era más que un esbozo y una mancha de color— y la frotó un poco con el pulgar. Después dio un paso atrás sin dejar de mirar el lienzo; observaba el lugar situado entre dos cabezas, bajo el caño horizontal del arcabuz que el soldado sin barba ni bigote sostiene al hombro: allí donde se insinúa, medio oculto tras los oficiales, el perfil aguileño del capitán Alatriste.

—Al fin y al cabo —dijo por fin— siempre se recordará así... Me refiero a después, cuando vos y yo y todos ellos estemos muertos.

Yo miraba los rostros de los maestres y capitanes del primer término, algunos faltos todavía de los últimos retoques. Lo de menos era que, salvo Justino de Nassau, el príncipe de Neoburgo, don Carlos Coloma y los marqueses de Espinar y de Leganés, amén del propio Spínola, el resto de las cabezas situadas en la escena principal no correspondiese a los personajes reales; que Velázquez retratara a su amigo el pintor Alonso Cano en el arcabucero holandés de la izquierda, y que hubiera utilizado unas facciones muy parecidas a las suyas propias para el oficial con botas altas que mira al espectador, a la derecha. O que el gesto caballeresco del pobre don Ambrosio Spínola —había muerto de pena y de vergüenza cuatro años antes, en Italia— fuese idéntico al que tuvo aquella mañana, pero el del general holandés quedara ejecutado por el artista atribuyéndole más humildad y sometimiento que los mostrados por el Nassau cuando rindió la ciudad en el cuartel de Balanzón... A lo que me refería era a que en esa composición serena, en aquel faltaría más, don Justino, no se incline vuestra merced, y en la contenida actitud de unos y otros oficiales, se ocultaba algo que yo había visto bien de cerca atrás, entre las lanzas: el orgullo insolente de los vencedores, y el despecho y el odio en los ojos de los vencidos; la saña con que nos habíamos acuchillado unos a otros, y aún íbamos a seguir haciéndolo, sin que bastasen las tumbas de que estaba lleno el paisaje del fondo, entre la bruma gris de los incendios. En cuanto a quiénes figuraban en primer término del cuadro y quiénes no, lo cierto era que nosotros, la fiel y sufrida infantería, los tercios viejos que habían hecho el trabajo sucio en las minas y en las caponeras, dando encamisadas en la oscuridad, rompiendo con fuego y hachazos el dique de Sevenberge, peleando en el molino Ruyter y junto al fuerte de Terheyden, con nuestros remiendos y nuestras armas gastadas, nuestras pústulas, nuestras enfermedades y nuestra miseria, no éramos sino la carne de cañón, el eterno decorado sobre el que la otra España, la oficial de los encajes y las reverencias, tomaba posesión de las llaves de Breda —al fin, como temíamos, ni siquiera se nos permitió saquear la ciudad— y posaba para la posteridad permitiéndose toda aquella pamplina: el lujo de mostrar espíritu magnánimo, oh, por favor, no se incline, don Justino. Estamos entre caballeros y en Flandes todavía no se ha puesto el sol.

—Será un gran cuadro —dije.

Era sincero. Sería un gran cuadro y el mundo, tal vez, recordase a nuestra infeliz España embellecida a través de ese lienzo donde no era difícil intuir el soplo de la inmortalidad, salido de la paleta del más grande pintor

que los tiempos vieron nunca. Pero la realidad, mis ver-
daderos recuerdos, estaban en el segundo plano de la escena; allí donde sin poder remediarlo se me iba la mirada, más allá de la composición central que me importaba
un gentil carajo: en la vieja bandera ajedrezada de azul y
blanco, tenida al hombro por un portaenseña de pelo
hirsuto y mostacho, que bien podía ser el alférez Chacón, a quien vi morir intentando salvar ese mismo lienzo
en la ladera del reducto de Terheyden. En los arcabuceros —Rivas, Llop y los otros que no volvieron a España
ni a ningún otro sitio— vueltos de espaldas a la escena
principal, o en el bosque de lanzas disciplinadas, anónimas en la pintura, a las que yo podía sin embargo, una
por una, poner nombres de camaradas vivos y muertos
que las habían paseado por Europa, sosteniéndolas con
el sudor y con la sangre, para hacer muy cumplida verdad aquello de:

> *Y siempre a punto de guerra*
> *combatieron, siempre grandes,*
> *en Alemania y en Flandes,*
> *en Francia y en Inglaterra.*
> *Y se posternó la tierra*
> *estremecida a su paso;*
> *y simples soldados rasos,*
> *en portentosa campaña,*
> *llevaron el sol de España*
> *desde el Oriente al Ocaso.*

A ellos, españoles de lenguas y tierras diferentes entre sí, pero solidarios en la ambición, la soberbia y el

sufrimiento, y no a los figurones retratados en primer término del lienzo, era a quien el holandés entregaba su maldita llave. A aquella tropa sin nombre ni rostro, que el pintor dejaba sólo entrever en la falda de una colina que nunca existió; donde a las diez de la mañana del día 5 de junio del año veinticinco del siglo, reinando en España nuestro rey don Felipe Cuarto, yo presencié la rendición de Breda junto al capitán Alatriste, Sebastián Copons, Curro Garrote y los demás supervivientes de su diezmada escuadra. Y nueve años después, en Madrid, de pie ante el cuadro pintado por Diego Velázquez, me parecía de nuevo escuchar el tambor mientras veía moverse despacio, entre los fuertes y trincheras humeantes en la distancia, frente a Breda, los viejos escuadrones impasibles, las picas y las banderas de la que fue última y mejor infantería del mundo: españoles odiados, crueles, arrogantes, sólo disciplinados bajo el fuego, que todo lo sufrían en cualquier asalto, pero no sufrían que les hablaran alto.

Madrid, agosto de 1998

Nota del editor sobre la presencia
del capitán Alatriste
en *La rendición de Breda*,
de Diego Velázquez

Durante mucho tiempo se ha debatido la supuesta presencia del capitán Diego Alatriste y Tenorio en el lienzo sobre *La rendición de Breda*. Frente al testimonio de Íñigo Balboa, que fue testigo de la composición del cuadro y afirma sin vacilar en dos ocasiones (página 13 de *El capitán Alatriste* y página 222 de *El sol de Breda*) que el capitán está representado en el lienzo de Velázquez, los estudios de las cabezas del lado derecho, que permitieron identificar como auténtica la de Spínola y probables las de Carlos Coloma, los marqueses de Leganés y de Espinar y el príncipe de Neoburgo —según análisis de los profesores Justi, Allende Salazar, Sánchez Cantón y Temboury Álvarez—, descartan que alguna de las otras cabezas anónimas corresponda a los rasgos físicos que Íñigo Balboa atribuye al capitán.

El alférez que sostiene sobre el hombro la bandera no puede ser Diego Alatriste, y el mosquetero sin barba ni bigote del último término, tampoco. Descartados asimismo el caballero pálido y descubierto que se halla bajo la bandera y junto al caballo, y el oficial corpulento y destocado, de complexión fuerte, que aparece bajo el cañón horizontal del arcabuz —en quien el profesor Sergio Zamorano, de la universidad de Sevilla, cree identificar al capitán Carmelo Bragado—, algunos estudiosos defendieron la posibilidad de que Alatriste estuviera representado en el oficial que hay detrás del caballo, mirando al espectador en el extremo derecho de la escena; personaje que otros expertos, como Temboury, estiman autorretrato del propio Velázquez, que equilibraría así la supuesta aparición de su amigo Alonso Cano al extremo izquierdo, como arcabucero holandés.

El profesor Zamorano apunta asimismo en su estudio *Breda: realidad y leyenda* que Diego Alatriste podría coincidir con alguno de los rasgos físicos de ese oficial situado a la derecha del lienzo; aunque las facciones del español pintado, señala, son más suaves que las descritas por Íñigo Balboa cuando habla del capitán Alatriste. De cualquier modo, como apuntó el traductor y estudioso barcelonés Miguel Antón en su ensayo *El capitán Alatriste y la rendición de Breda*, la edad del caballero, no mayor de treinta años, no coincide con la efectiva que tenía Alatriste en 1625, y mucho menos con los 51 o 52 años que se le calculan en 1634-1635, fecha en que fue realizado el cuadro; sin que las ropas del oficial correspondan tampoco con la indumentaria que Alatriste, entonces simple soldado con cargo nominal de cabo de escuadra, podía permitirse lucir en Flandes. Aún cabría la posibilidad de que Alatriste no estuviera representado en el grupo de la derecha, sino entre los españoles que hay ladera abajo, en el centro del cuadro y tras el brazo extendido del general

Spínola; pero un estudio minucioso de sus facciones e indumentarias, realizado por el especialista de *Figaro Magazine* Etienne de Montety, parece descartarlo.

Y sin embargo, la afirmación de Íñigo Balboa en la página 13 del primer volumen de la serie, suena inequívoca: «*A mi padre lo mataron de un tiro de arcabuz en un baluarte de Jülich. Por eso Diego Velázquez no llegó a sacarlo más tarde en el cuadro de la toma de Breda como a su amigo y tocayo Alatriste, que sí está allí, tras el caballo*»... Esas desconcertantes palabras fueron consideradas durante mucho tiempo por la mayor parte de los expertos como afirmación gratuita de Íñigo Balboa, interpretándola a modo de homenaje imaginario a su querido capitán Alatriste, pero desprovisto de toda justificación veraz. El propio Arturo Pérez-Reverte, a la hora de manejar como fuente documental para *Las aventuras del capitán Alatriste* las memorias de Íñigo Balboa, que fue soldado en Flandes e Italia, alférez abanderado en Rocroi, teniente de los correos reales y capitán de la Guardia Española del rey Felipe IV antes de su retirada por asuntos particulares hacia 1660, a la edad de cincuenta años, tras su matrimonio con doña Inés Álvarez de Toledo, marquesa viuda de Alguazas, y su posterior desaparición de la vida pública —las memorias manuscritas de Íñigo Balboa no aparecieron hasta 1951, en una subasta de libros y manuscritos de la casa Claymore de Londres—, confiesa haber creído durante mucho tiempo en la falsedad de la afirmación del propio Íñigo sobre que Diego Alatriste figure realmente en el lienzo de Velázquez.

Pero el azar ha terminado por resolver el misterio, aportando un dato que habían pasado por alto algunos estudiosos, incluido el propio autor de esta serie de novelas basadas casi íntegramente en el manuscrito original[1]. En agosto de 1998, cuando acudí a visitar a Pérez-Reverte en su casa cercana a El Escorial por asuntos editoriales, éste me confió un descubrimiento que acababa de hacer de modo casual mientras documentaba el epílogo del tercer volumen de la serie. El día anterior, al consultar la obra de José Camón Aznar *Velázquez* —una de las más decisivas sobre el autor de *La rendición de Breda*—, Pérez-Reverte había dado con algo que aún lo tenía estupefacto. En las páginas 508 y 509 del primer volumen (Madrid, Espasa Calpe, 1964) el profesor Camón Aznar confirma, mediante el estudio de una radiografía del lienzo, algunas afirmaciones de Íñigo Balboa sobre el cuadro de Velázquez que en principio tenían apariencia contradictoria; como el hecho, probado en la placa radiológica, de que el artista pintó originalmente banderas en vez de lanzas. Nada infrecuente, por otra parte, en un pintor famoso por sus *arrepentimientos:* modificaciones hechas sobre la marcha que lo llevaban a veces a cambiar trazos, alterar situaciones y eliminar objetos y personajes ya pintados. Además de las banderas trocadas en lanzas —¡qué diferente habría sido, tal vez, el efecto del cuadro!—, el caballo de los españoles fue proyectado de tres formas distintas; al fondo, en la orientación geográfica adecuada, hacia el dique de Sevenberge y el mar, parece

---

[1] *Papeles del alférez Balboa.* Manuscrito de 478 páginas, Madrid, sin fecha. Vendido por la casa de subastas Claymore de Londres, el 25 de noviembre de 1951. Actualmente se encuentra en la Biblioteca Nacional. *(N. del E.)*

advertirse una extensión de agua con un navío; Spínola estaba abocetado más erguido; y en la parte española es posible adivinar otras cabezas con valonas bordadas. Por razones que desconocemos, en la versión definitiva Velázquez suprimió la cabeza de noble apariencia de un caballero, y alguna otra más. Respecto a la presencia de Diego Alatriste, que Íñigo Balboa describe en el lienzo, precisando incluso su localización exacta —«... *bajo el caño horizontal del arcabuz que el soldado sin barba ni bigote sostiene al hombro...*»—, el espectador sólo puede ver un lugar vacío sobre el jubón azul de un piquero vuelto de espaldas.

Pero la verdadera sorpresa —prueba de que la pintura, como la literatura, no es sino una sucesión de enigmas, de sobres cerrados que encierran otros sobres cerrados en su interior— acechaba en apenas media línea escondida en la página 509 del libro de Camón Aznar, referida a ese mismo, y sospechoso, espacio vacío donde la radiografía reveló que:

«... *Tras esa cabeza se adivina otra de perfil aguileño*».

Y es que a menudo la realidad se divierte confirmando por su cuenta lo que nos parece ficción. Ignoramos por qué motivo Velázquez decidió eliminar posteriormente del cuadro esa cabeza ya pintada, y tal vez las siguientes entregas de la serie esclarezcan ese misterio[2].

---

[2] Resulta extraordinaria la desaparición *a posteriori* de las dos referencias más documentadas que se conocen hasta ahora sobre el capitán Diego Alatriste y Tenorio. Mientras que el testimonio de Íñigo Balboa y el estudio del lienzo *La rendición de Breda* de Velázquez

Pero ahora, casi cuatro siglos después de todo aquello, sabemos que Íñigo Balboa no mentía; y que el capitán Alatriste estaba —está— en el lienzo de *La rendición de Breda*.

El Editor

---

prueban que la imagen del capitán fue borrada del lienzo, por causas desconocidas, en alguna fecha posterior al invierno de 1634, existe una primera versión de la comedia de Pedro Calderón de la Barca *El sitio de Bredá* donde también se aprecian huellas de manipulación posterior. Esta primera versión completa, contemporánea a la fecha del estreno de la comedia en Madrid –que fue escrita hacia 1626– y coincidente en líneas generales con la copia manuscrita del original hecha por Diego López de Mora en 1632, contiene unos cuarenta versos que fueron suprimidos en la versión definitiva. En ellos se hace referencia explícita a la muerte del maestre don Pedro de la Daga y a la defensa del reducto de Terheyden llevada a cabo por Diego Alatriste, cuyo nombre aparece citado en dos ocasiones en el texto. El fragmento original, descubierto por el profesor Klaus Oldenbarnevelt, del Instituto de Estudios Hispánicos de la universidad de Utrecht, se conserva en el archivo y biblioteca de los Duques del Nuevo Extremo, en Sevilla, y lo reproducimos en apéndice al final de este volumen gracias a la gentileza de doña Macarena Bruner de Lebrija, duquesa del Nuevo Extremo. Lo extraño es que esos cuarenta versos desaparecen en la versión canónica de la obra, publicada en 1636 en Madrid por José Calderón, hermano del autor, en la *Primera parte de Comedias de don Pedro Calderón de la Barca*. La causa de la desaparición de Alatriste en la comedia sobre el sitio de Breda, como la de su retrato en el cuadro de Velázquez, sigue siendo inexplicable. A menos que se trate de una orden expresa, atribuible tal vez al rey Felipe IV o más probablemente al conde-duque de Olivares, en cuyo desfavor podría haber incurrido Diego Alatriste, por causas aún no esclarecidas, entre 1634 y 1636.

EXTRACTOS DE LAS

FLORES DE POESÍA
DE VARIOS INGENIOS DE ESTA CORTE

✦✦✦✦✦✦✦✦✦✦✦✦✦✦✦✦✦✦✦✦✦✦

Impreso del siglo XVII sin pie de imprenta
conservado en la Sección «Condado de Guadalmedina» del
Archivo y Biblioteca de los Duques del Nuevo Extremo
(Sevilla).

☛ DE DON FRANCISCO DE QUEVEDO

INSCRIPCIÓN
AL MARQUÉS AMBROSIO SPÍNOLA,
QUE GOBERNÓ LAS ARMAS CATÓLICAS EN FLANDES

Soneto

 O que en Troya pudieron las traiciones,
Sinón y Ulises y el caballo duro,
Pudo de Ostende en el soberbio muro
Tu espada, acaudillando tus legiones.

Cayó, al aparecer tus escuadrones,
    Frisa y Bredá por tierra; y, mal seguro,
    Debajo de tus armas vio el perjuro
    Sin blasón su muralla y sus pendones.

Todo el Palatinado sujetaste
    Al monarca español, y tu presencia
    Al furor del hereje fue contraste.

En Flandes dijo tu valor tu ausencia,
    En Italia tu muerte, y nos dejaste,
    Spínola, dolor sin resistencia.

DEL CABALLERO DEL JUBÓN AMARILLO

A ÍÑIGO BALBOA, EN SU VEJEZ

Soneto

IVE Dios, que no alcanzo diferencia
Del hidalgo que en Flandes fue soldado
Al joven mochilero vascongado
Que dio cumplida fe de su existencia.

Añorando los lances y experiencia
Que de tu espadachín nos has contado,
El orbe, de su acero acuchillado,
Con llanto militar llora la ausencia.

Fue su valor tu dignidad y suerte;
Y a todo quien asista a vuestra historia
Espantará lo que con él viviste.

Por ti, pese al olvido y a la muerte,
Conocerán los hombres la memoria
Del capitán don Diego de Alatriste.

☞ DE DON PEDRO CALDERÓN DE LA BARCA

DEFENSA DEL CVARTEL DE TERHEYDEN
SACADA DE LA JORNADA III DE LA COMEDIA
FAMOSA DE «EL SITIO DE BREDÁ»

☙☞ *Romance* ☜☛

D. FADRIQUE BAZÁN
 ¡Oh, si llegara por este
 Puesto de los españoles
 Enrique, qué alegre día
 Fuera a nuestras intenciones!
D. VICENTE PIMENTEL
 No somos tan venturosos
 Que esa dicha, señor, logre.
ALONSO LADRON, *capitán*
 Yo apostaré que va a dar
 Allá con esos flinflones,
 Con quien se entienda mejor;
 Que dicen, cuando nos oyen
 «¡Santiago! ¡Cierra, España!»,
 Que aunque a Santiago conocen
 Y saben que es patrón nuestro
 Y un apóstol de los doce,
 El Cierra España es el diablo;
 Y que llamamos conformes
 A los diablos y a los santos,
 Y que todos nos socorren.
D. FRANCISCO DE MEDINA
 Si en el camino de Amberes
 Viene marchando, se pone
 Frente de los italianos.
D. FADRIQUE   *Tocan al arma*

Ya parece que se rompen
Los campos.
ALONSO
    ¡Cuerpo de Cristo!
¡Que de aquesta ocasión gocen
Los italianos y estemos
Viéndolo los españoles
Sin pelear!
D. FADRIQUE
    ¡No digáis
Tal cosa! Dejad que os nombre
Al maestre de la Daga
Con algunos españoles,
Que en mitad de la ocasión
Juegan recio del estoque.
D. GONZALO FDZ. DE CORDOBA
 ¿Desobedecen?
D. FADRIQUE
    ¡No tal!
Que vense en el trance donde
El hombre que no usa acero
Deja de llamarse hombre
Y español más.
D. GONZALO
    La obediencia
Es la que en la guerra pone

Mayor prisión a un soldado:
Más alabanza y más nombre
Que conquistar animoso
Le da el resistirse dócil.

D. FADRIQUE

Pues, si no fuera más gloria
La obediencia, ¿qué prisiones
Bastaran a detenernos?

ALONSO

Con todo eso, no me enojen
Estos señores flamencos;
Que, si los tercios se rompen,
Tengo de pelear hoy,
Aunque mañana me ahorquen.

D. VICENTE   *Tocan cajas*

¡Qué igualmente que se ofenden!

D. FADRIQUE   *Tocan cajas*

¡Y qué bien suenan las voces
De las cajas y trompetas
A los compases del bronce!

D. F.^{co} DE MEDINA

¡Viven los cielos, que han roto
El cuartel de los valones!

D. FADRIQUE   *Tocan cajas*

¡Ya llega a los italianos!

ALONSO

*¡Oh los malditos flinflones,
Que cuando cierran con ellos
No aguantan sus escuadrones!*

D. GONZALO

Mirad allí al de la Daga...

ALONSO   *Aparte*

(Jiñalasoga en mal nombre)

D. GONZALO

*...Cómo sucumbe soberbio
Con sus fieros españoles,*

Hasta el final resistiendo.

D. FADRIQUE   *Tocan cajas*

¡Que a tanto me obligue el orden
De la obediencia que esté,
Cuando tal rumor se oye,
Con el acero en la vaina!
¡Que digan que estando un hombre
Quedo, más que peleando,
Cumple sus obligaciones!

D. VICENTE

Ya roto y desbaratado
El cuartel se ve. ¿No oyes
Las voces? ¡Por Dios que pienso
Que entre en la villa esta noche!

ALONSO

¿Cómo en la villa?

D. FADRIQUE

                    ¿En la villa?
La obediencia me perdone,
Que no ha de entrar.

D. VICENTE

                    Embistamos,
Que se enoje o no se enoje
El general.

D. GONZALO

            Caballeros,
Piérdase todo, y el orden
No se rompa.

D. FADRIQUE

            No se falta
A nuestras obligaciones,
Que en ocasiones forzosas
No se rompe, aunque se rompe.

D. VICENTE

Pero, atentos a la acción
Que intenta atrevido un hombre,
Mudo el viento se detiene

Y el sol se ha quedado inmóvil.
¿No veis al mayor sargento
Italiano, que se opone
Al ejército de Enrique
Y, animando con sus voces
Toda la gente, detiene
El paso a los escuadrones
Del enemigo? Esta acción
Ha de darte eterno nombre,
Carlos Roma, y dignamente
Mereces que el Rey te honre
Con cargos, con encomiendas,
Con puestos y con blasones.
Con la espada y la rodela
Furiosos los campos rompe,
Y a su imitación se animan
Los italianos. ¡Que gocen
Ellos la gloria y nosotros
Lo veamos! Aquí es noble
La envidia, y aun la alabanza;
Que España, que en más acciones
Se ha mirado victoriosa,
No es razón que quite el nombre
A Italia de la victoria,
Si ellos son los vencedores.

D. F.ᶜᵒ DE MEDINA
También victoria se llama
Y de triunfo gana el nombre
Librar la propia bandera
De cautiverio y baldones.
Así lo han hecho esos pocos

Valerosos españoles
Que escoltaban al maestre
De la Daga y que feroces
A los ingleses frenaron
Con bien concertados golpes.

D. GONZALO
¿Quién era el que los guiaba,
Fiero Marte y Héctor noble?

ALONSO
Diego Alatriste y Tenorio,
Capitán por sobrenombre,
Muy dignamente ganado
Entre el bramar de los bronces.

D. GONZALO
Pues en tan alta jornada
Sea Alatriste en renombre
Segundo tras Carlos Roma,
A quien el Rey galardone
Con sus soldados, que hoy quedan
En Terheyden triunfadores.

D. FADRIQUE
Desbaratados y rotos,
Miden los vientos veloces
Los flamencos, y ya queda
Por suyo el honor; coronen
Su frente altivos laureles,
Y en mil láminas de bronce
Eternos vivan, tocando
Hoy los extremos del orbe.

☞ HASE de notar que los versos que aquí van de cursiva se toman de la versión manuscrita original, por no hallarse impresos en la *Primera Parte de Comedias de don Pedro Calderón de la Barca*, recogidas por don Joseph, su hermano, que vio la luz en Madrid, año de 1636; sin que se haya alcanzado la causa por la que el poeta los suprimió después.

Índice

Las aventuras del
capitán Alatriste

Las aventuras del
capitán Alatriste

El oro del rey

«—Habrá que matar —dijo don Francisco de Quevedo—. Y puede que mucho.

—Sólo tengo dos manos —respondió Alatriste.

—Cuatro —apunté yo».

Sevilla, 1626. A su regreso de Flandes, donde han participado en el asedio y rendición de Breda, el capitán Alatriste y el joven mochilero Íñigo Balboa reciben el encargo de reclutar a un pintoresco grupo de bravos y espadachines para una peligrosa misión, relacionada con el contrabando del oro que los galeones españoles traen de las Indias. Los bajos fondos de la turbulenta ciudad andaluza, el corral de los Naranjos, la cárcel real, las tabernas de Triana, los arenales del Guadalquivir, son los escenarios de esta nueva aventura, donde los protagonistas reencontrarán traiciones, lances y estocadas, en compañía de viejos amigos y de viejos enemigos.

Las aventuras del
capitán Alatriste

El caballero del jubón amarillo

«Don Francisco de Quevedo me dirigió una mirada que interpreté como era debido, pues fui detrás del capitán Alatriste. Avísame si hay problemas, habían dicho sus ojos tras los lentes quevedescos. Dos aceros hacen más papel que uno. Y así, consciente de mi responsabilidad, acomodé la daga de misericordia que llevaba atravesada al cinto y fui en pos de mi amo, discreto como un ratón, confiando en que esta vez pudiéramos terminar la comedia sin estocadas y en paz, pues habría sido bellaca afrenta estropearle el estreno a Tirso de Molina. Yo estaba lejos de imaginar hasta qué punto la bellísima actriz María de Castro iba a complicar mi vida y la del capitán, poniéndonos a ambos en gravísimo peligro; por no hablar de la corona del rey Felipe IV, que esos días anduvo literalmente al filo de una espada. Todo lo cual me propongo contar en esta nueva aventura, probando así que no hay locura a la que el hombre no llegue, abismo al que no se asome, y lance que el diablo no aproveche cuando hay mujer hermosa de por medio.»

Las aventuras del
capitán Alatriste

Corsarios de Levante

«Durante casi dos años serví con el capitán Alatriste en las galeras de
Nápoles. Por eso hablaré ahora de escaramuzas, corsarios, abordajes,
matanzas y saqueos. Así conocerán vuestras mercedes el modo en que el
nombre de mi patria era respetado, temido y odiado también en los mares
de Levante. Contaré que el diablo no tiene color, ni nación, ni bandera;
y cómo, para crear el infierno en el mar o en la tierra, no eran menester
más que un español y el filo de una espada. En eso, como en casi todo,
mejor nos habría ido haciendo lo que otros, más atentos a la prosperidad
que a la reputación, abriéndonos al mundo que habíamos descubierto y
ensanchado, en vez de enrocarnos en las sotanas de los confesores reales,
los privilegios de sangre, la poca afición al trabajo, la cruz y la espada,
mientras se nos pudrían la inteligencia, la patria y el alma. Pero nadie nos
permitió elegir. Al menos, para pasmo de la Historia, supimos cobrárselo
caro al mundo, acuchillándolo hasta que no quedamos uno en pie. Dirán
vuestras mercedes que ése es magro consuelo, y tienen razón. Pero nos
limitábamos a hacer nuestro oficio sin entender de gobiernos, filosofías
ni teologías. Pardiez. Éramos soldados.»

Las aventuras del capitán Alatriste

El puente de los Asesinos

«Diego Alatriste bajó del carruaje y miró en torno, desconfiado. Tenía por sana costumbre, antes de entrar en un sitio incierto, establecer por dónde iba a irse, o intentarlo, si las cosas terminaban complicándose. El billete que le ordenaba acompañar al hombre de negro estaba firmado por el sargento mayor del tercio de Nápoles, y no admitía discusión alguna; pero nada más se aclaraba en él.»

Nápoles, Roma y Milán son algunos escenarios de esta nueva aventura del capitán Alatriste. Acompañado del joven Íñigo Balboa, a Alatriste le ordenan intervenir en una conjura crucial para la corona española: un golpe de mano en Venecia para asesinar al dogo durante la misa de Navidad, e imponer por la fuerza un gobierno favorable a la corte del rey católico en ese estado de Italia. Para Alatriste y sus camaradas —el veterano Sebastián Copons y el peligroso moro Gurriato, entre otros—, la misión se presenta difícil, arriesgada y llena de sorpresas. Suicida, tal vez; pero no imposible.